Le Vieux Saltimbanque

Du même auteur

Légendes d'automne, Robert Laffont, 1981.
Sorcier, Robert Laffont, 1983.
Nord-Michigan, Robert Laffont, 1984.
Un bon jour pour mourir, Robert Laffont, 1986.
Faux-soleil : l'histoire d'un chef d'équipe américain, Robert Corvus Strang, racontée à Jim Harrison, 10-18, 1988.
Dalva, Christian Bourgois, 1989.
Wolf : mémoires fictifs, Robert Laffont, 1991.
La Femme aux lucioles, Christian Bourgois, 1991.
Entre chien et loup, Christian Bourgois, 1993.
Théorie et pratique des rivières, L'Incertain, 1994.
Julip, Christian Bourgois, 1995.
La Route du retour, Christian Bourgois, 1998.
Lettres à Essenine, Christian Bourgois, 1999.
Lointains et Ghazals, Christian Bourgois, 1999.
En route vers l'Ouest, Christian Bourgois, 2000.
Le garçon qui s'enfuit dans les bois, Seuil « Jeunesse », 2001.
Aventures d'un gourmand vagabond, Christian Bourgois, 2002.
En marge : mémoires, Christian Bourgois, 2003.
De Marquette à Veracruz, Christian Bourgois, 2004.
L'été où il faillit mourir, Christian Bourgois, 2006.
Retour en terre, Christian Bourgois, 2007.
Une odyssée américaine, Flammarion, 2009.
Les Jeux de la nuit, Flammarion, 2010.
Grand Maître, Flammarion, 2012.
Une heure de jour en moins, Flammarion, 2012.
Nageur de rivière, Flammarion, 2013.
Péchés capitaux, Flammarion, 2015.

Jim HARRISON

Le Vieux Saltimbanque

*Traduit de l'anglais (États-Unis)
par Brice Matthieussent*

Flammarion

Titre original : *The Ancient Minstrel*
Éditeur original : Grove Press
© Jim Harrison, 2016.
Pour la traduction française :
© Flammarion, 2016.
ISBN : 978-2-0813-1310-1

Pour Steve Sheppard

Note de l'auteur

Il y a quelques années, alors qu'à près de soixante ans je ressentais de manière poignante la menace de la mort, je me suis dit : « Le moment est venu d'écrire mes mémoires. » Ce que j'ai fait. Mais la vie en a décidé autrement et, plus de quinze ans après, je ne suis toujours pas mort, une agréable surprise pour un poète qui était persuadé de mourir jeune, écroulé sur le plancher de sa maison, ou près d'une des innombrables fontaines de Rome, ou encore affamé dans une chambre de bonne parisienne perversement située au-dessus d'un bistro, comme pour lui faire humer les odeurs délicieuses de plats qu'il ne pouvait s'offrir. Je m'étouffe avec une arête de poisson trouvée dans une poubelle, puis l'hémorragie et les violentes quintes de toux m'achèvent à l'aube et me laissent gisant dans la ruelle, après une nuit glacée de pluie ininterrompue. Des frissons m'ont maintenu en vie toute la nuit. Une adorable joggeuse en short vert me découvre là et se dresse au-dessus de moi, elle se penche à la recherche de signes de vie inexistants hormis une paupière droite palpitante. L'œil gauche est aveugle depuis l'enfance. Levant les yeux vers son gracieux entrejambe, je me dis que je suis né et que je meurs entre les cuisses d'une femme. Ça tombe bien, car toute ma vie, j'ai accordé beaucoup d'attention à cet endroit précis de l'anatomie féminine.

Je ne regrette nullement d'avoir cédé à ces illusions qui semblent faire partie intégrante de l'existence. En fait, j'ai passé un bon mois à essayer de décider si je devais intituler ce texte « Le Vieux Saltimbanque » ou « Le Vieux Bâtard ». Les deux titres conviennent, que l'on frime ou que l'on fasse son numéro de chien savant pour du fric. Les bâtards ressemblent de manière frappante aux écrivains. On perd trop souvent de vue, avec le temps, la question du lignage en matière artistique, ou alors on l'évoque de manière biaisée. Qui s'intéresse à tes titres de noblesse quand la seule preuve qui vaille est sur la page ? J'ai étudié à fond Dostoïevski et Faulkner, mais je n'en trouve aucune trace dans mes propres livres.

Pour être honnête, ce qu'en général je ne suis pas, quand je me suis mis au travail, ma famille a insisté pour être tenue à l'écart de mon projet. Ma femme, qui ne connaît que trop les facéties des écrivains, a sonné la charge. Un ami, romancier à succès, avait écrit des mémoires contenant des informations frauduleuses sur les amants parfaitement imaginaires de son épouse, qu'il inventa pour s'absoudre de ses propres frasques. J'ai bien été forcé de reconnaître que j'étais tout à fait capable du même stratagème, mais sur le mode de la plaisanterie. Mes deux filles mariées, présentes lors de ce fameux dîner, se sont écriées en chœur : « Laisse-nous en dehors de ça ! » Au bord des larmes (j'avais bu quelques verres), je me suis senti victime d'une injustice flagrante. « Vous n'avez donc aucune confiance en mon goût ? » leur ai-je demandé. Elles m'ont répondu d'un « Non ! » sonore.

J'ai décidé de poursuivre mes mémoires sous la forme d'une novella. À cette date tardive, je voulais échapper à l'illusion de réalité propre à l'autobiographie.

Chapitre premier

Il entra par une porte puis sortit par une autre, située trois mètres en face de la première. Il avait transformé de fond en comble un ancien appartement de cheminot, abattant les cloisons et repeignant les murs. La proximité de ces deux portes lui plaisait. Elle lui donnait l'impression de pouvoir choisir, chose qui lui manquait cruellement dans son vieil âge.

D'autres propriétaires, qui avaient réaménagé des appartements de cheminots, avaient bêtement condamné la porte supplémentaire avant de se convaincre qu'elle n'avait jamais existé. Quand, par pur caprice, il faisait des allers-retours dans le seul but de franchir successivement ces deux portes, il rendait complètement dingue son voisin qui, pour sa part, habitait un coquet bungalow. Ce voisin était un universitaire à la retraite, un charmant érudit qui, après une vie consacrée à s'exprimer dans un langage châtié, adorait désormais parler vulgairement.

L'homme ouvrait une bouteille de bon vin, qu'il pouvait s'offrir grâce à sa retraite confortable, puis lui faisait signe de venir la partager. Il acceptait toujours, même après avoir rejoint les Alcooliques Anonymes pour sauver son mariage. Il découvrit que le bon vin accroissait son désir d'en savourer davantage mais ne poussait jamais à la beuverie. Quand on buvait une demi-bouteille de ducru-beaucaillou, on en voulait encore et rien d'autre n'aurait fait l'affaire, surtout pas le coup de fouet du whisky ni l'amertume de la bière.

Il était ce qu'on appelait « un poète couronné de prix », du moins selon ce que son éditeur faisait imprimer sur la jaquette de ses livres, alors qu'il n'avait jamais entendu parler d'aucun de ces prix avant de les recevoir. Voilà pour le caractère prétendument immortel de la poésie. Dans la salle d'attente chez le médecin, il avait même consulté la liste des lauréats du prix Pulitzer dans le *World Almanach* et constaté avec stupéfaction le nombre faramineux d'écrivains du vingtième siècle dont le nom ne disait plus rien à personne. En dégustant un bon bordeaux, son vieux voisin retraité de l'université disait volontiers : « L'ontogenèse résume la phylogenèse », comme s'il s'agissait d'une bonne blague sur l'obésité qui le faisait mourir de rire. Il se souvenait d'avoir déclaré la même chose dans un café avant de se faire virer de la fac. Sanction motivée par son « arrogance », comme le lui avait annoncé le directeur du département. Les jeunes poètes, avant même de composer le moindre poème, cédaient volontiers à la vanité au lieu de se comporter en humbles étudiants. En tout cas, le département décida de lui décerner son master après qu'il eut publié son premier recueil de poèmes chez un prestigieux éditeur new-yorkais. Aucun étudiant du département n'avait jamais accompli cette prouesse. Ils furent fiers de lui, mais pas au point de l'autoriser à s'inscrire en doctorat. Pour ces gentlemen en tweed, la perspective de le voir se pavaner encore des années dans les couloirs était insupportable.

Sa femme et lui n'avaient pas divorcé, mais elle habitait une grande ferme située à une quinzaine de kilomètres de là, en pleine campagne, non loin de Livingston, dans le Montana. Elle s'était mis dans l'idée de trouver une maison en ville pour ses vieux jours, car elle en avait assez d'entretenir un vaste corps de ferme de trois cent cinquante mètres carrés. Et puis il avait recommencé à picoler, habitude dont il s'était pourtant débarrassé au début de la soixantaine.

Au moins deux fois par semaine, il prenait sa voiture pour tenter sa chance et jouer avec les chiens, ce qui s'avérait souvent être une expérience décevante. Il faisait trop chaud et les chiens qui, à son arrivée, lui réservaient un accueil triomphal, se remettaient à roupiller sur l'herbe épaisse de la pelouse au bout de quelques minutes de jeu. Il voulait jouer avec eux comme lorsqu'ils étaient chiots. Mais de fait, ce n'étaient plus des chiots. À dix ans, ils avaient à peu près le même âge que lui, soixante-dix ans. Quand il allait à la ferme, il dormait dans son studio, une petite cabane où il écrivait, tout près de la grande maison. L'intérieur manquait d'élégance, mais ce cabanon lui convenait tout à fait.

Il prenait des risques en conduisant car il n'avait plus le permis. Il s'était souvent fait la réflexion que la fin de son mariage avait coïncidé avec son retrait de permis. Il était furieux car, ce jour-là, il avait fait une erreur. Face au flic, il avait bêtement reconnu qu'il venait d'être opéré de la colonne vertébrale. Le flic lui avait demandé s'il prenait des médicaments contre la douleur et il avait répondu « Non » sans hésitation, mais on ne l'avait pas cru. En fait, les semaines qui suivirent son opération il avait bien pris de l'OxyContin mais il avait ensuite arrêté malgré ses douleurs dorsales. Ce médicament rendait son écriture confuse et délirante. Il ne pouvait écrire de la sorte, même dans son journal, où il délirait déjà bien assez naturellement.

Il souffrait aussi d'un zona depuis près de trois ans même si, après la disparition des plaies à vif, on parla plutôt de névralgie post-herpétique. Indépendamment du nom, il s'agissait de toute évidence d'une vraie saloperie qu'aucun médicament ne pouvait soigner. Il apprit que les médecins méprisaient le zona et le traitaient comme une maladie non rentable jusqu'à ce qu'eux-mêmes l'attrapent. Il n'existait pas de Téléthon pour le zona. Au service d'immatriculations, il fit un numéro haut en couleur et ils gardèrent son permis quand il le leur donna. « Rendez-le-moi ! » cria-t-il.

Par la suite, il envoya au gouverneur de l'État une lettre imprudente disant qu'il était l'auteur de *Légendes d'automne*, son livre le plus connu, qu'il avait besoin de conduire sa voiture et d'explorer des endroits nouveaux pour écrire et gagner sa vie. Il ne pouvait quand même pas rester assis chez lui et écrire *Légendes de mon arrière-cour*. Cette lettre resta sans effet. Il prit son mal en patience et décida un beau jour qu'il était capable de conduire de nouveau.

Il s'était attendu à ce qu'aucun événement notable ne trouble sa vieillesse. Mais qui a jamais entendu parler d'un gentleman blanc et chrétien comme lui, ayant perdu son permis de conduire et restant assis sous un pin au lieu de rejoindre en voiture un bar sympa situé en ville ? Un bar avec de vieux amis, ce dont bien sûr il n'avait nullement besoin. Il détestait repenser au temps et à l'énergie qu'il avait vainement dépensés, tout au long de sa vie, à envisager d'arrêter de fumer et de boire pour d'évidentes raisons de santé. De temps à autre – et toujours brièvement bien entendu –, il avait accordé un soin particulier à sa santé. Une fois, quand ils vivaient encore dans le Michigan, il perdit treize kilos en deux mois à force de marcher quatre heures chaque matin, s'arrêtant quelquefois pour fumer une cigarette, comptant les oiseaux qu'il aimait, découvrant des endroits de la Péninsule Nord où il n'avait jamais mis les pieds. L'inconnu est toujours séduisant. Les premiers colons se demandaient sans arrêt ce qui se trouvait au-delà de la colline suivante, au-delà des autres collines. Daniel Boone doit sa réputation au fait qu'il a écumé le pays comme personne. Il a sauvé un village de la famine en allant tuer dix cerfs et ours en un seul jour ; de quoi nourrir tout son monde une bonne semaine.

À l'époque où il grandissait dans le Michigan, son père, un bûcheron aguerri, lui avait mis du plomb dans la cervelle. Quand tu te crois perdu, assieds-toi et calme-toi. La panique entame ton énergie. Regarde comment les arbres ont tendance à pencher un peu vers le sud-est. C'est à cause des vents dominants et des immenses tempêtes qui viennent du nord-ouest et du lac Supérieur.

Quand le cargo *Edmund Fitzgerald* coula, le vent soufflait à plus de cent cinquante à l'heure depuis deux ou trois jours. Il séjournait alors dans son chalet isolé et ne quitta pas l'abri de gros rondins. Il lut et écouta les arbres s'écrouler autour de lui. On les surnommait « Faiseurs de veuve ». Il finit par quitter son chalet pour aller boire un verre bien mérité à la taverne. Longeant le lac au volant de sa voiture, il regarda les vagues géantes démolir la digue. Même dans son véhicule, il tremblait de peur. Les vagues tonnaient fort.

    Le plus grand chamboulement de son vieil âge fut la disparition, à soixante-dix ans, de sa sexualité. Le médecin s'autorisa une remarque déplacée quand il lui expliqua le problème. Il se mit en colère et le médecin déclara que cela arrivait à tout le monde. Il y avait un banc devant l'hôtel de ville où les cinq mêmes croulants s'installaient tous les jours. Ce banc, on l'appelait « le banc des bites mortes ». Il existait désormais des médicaments disponibles et une blague courait à la taverne : si tu as une érection de plus de trois heures, va au bowling Starlite Alleys le soir réservé aux femmes et fais-leur part de ton problème, tu auras droit à une séance de gymnastique gratuite. Malgré tout, la perspective de prendre un comprimé pour bander laissait un goût amer.

    Il n'avait pu s'empêcher d'essayer une fois, l'année précédente, lors de la rencontre annuelle de la Modern Language Association à Washington, ville qu'il détestait pour des raisons politiques mais qu'il tolérait quand elle accueillait de vieux amis écrivains. Il prit pour cible une étudiante en master à qui il avait fait l'amour des années plus tôt, quand elle était en deuxième année. Le prix à payer était la rédaction d'une lettre de recommandation dithyrambique pour le programme d'« écriture créative » de Hunter College, à New York. Il accepta aussitôt ce marché. Elle était un peu potelée, mais avait eu autrefois un beau corps. Après avoir dîné et bien bu, ils rejoignirent la chambre du vieux poète au Mayflower. Elle était pressée, car elle devait voir un ancien petit ami qui, lui aussi, enseignait l'écriture. Malheureusement, le comprimé donna une désagréable teinte vert foncé aux murs gris de sa chambre, et il jouit en une minute. Il s'excusa, puis elle partit très vite retrouver son ancien copain, sans avoir transpiré. À sa grande surprise, il remarqua en regardant CNN qu'il bandait toujours ; de toute évidence un effet du médicament. Il sortit dans la rue en se disant qu'il rencontrerait peut-être une professionnelle acceptable, ce qui arriva à quelques rues de la Maison-Blanche. Tous deux déambulèrent un moment en parlant musique, sujet qui lui mit la puce à l'oreille. Un ami médecin lui avait fortement déconseillé de coucher avec une prostituée qui fréquentait des musiciens, car il y avait un taux de sida très élevé chez ce genre de filles. Une fois encore il s'excusa, lui donna vingt dollars pour la parlote, puis retrouva son hôtel et les mille profs d'anglais hébétés qui somnoleraient durant leurs réunions du soir.

Des années plus tôt, alors qu'il enseignait à l'université, pour aider le président qui l'avait embauché, il avait participé aux entretiens préliminaires avec une demi-douzaine d'écrivains candidats à un poste vacant. Il avait déjà éliminé une cinquantaine de dossiers. Cette université se trouvait à deux heures de New York, une ville magique, du moins pour les écrivains. Dans l'ensemble, ces entretiens furent très désagréables, surtout à cause des regards implorants des candidats. Le type le plus odieux et arrogant, aussi le mieux habillé, sans doute doté d'une riche épouse, avait poussé le vice jusqu'à écrire un article très élogieux sur son premier recueil de poèmes en croyant que cette turpitude lui accorderait un avantage certain sur les autres candidats. Pressé de le faire sortir de la pièce, il fit semblant de passer un coup de fil et dit : « J'arrive dans dix minutes. » Ces dix minutes furent un vrai calvaire. Il finit par recommander l'écrivain qui avait le plus de gosses à charge.

Tout l'aspect économique de ces entretiens le déprimait. Il touchait un salaire correct et sans doute plus élevé que ce qu'il méritait. Le candidat doté du plus grand nombre d'enfants reconnut que, la veille au soir, il avait raté le dernier car pour rentrer en Virginie, où il logeait chez un proche. Il avait, à la place, arpenté les rues jusqu'à quatre heures du matin, avant d'aller dans un hôtel qu'il connaissait et de prendre l'ascenseur jusqu'au quatrième étage où, dans ses souvenirs, se trouvait un canapé près de la sortie. À peine s'y était-il endormi qu'un employé le réveilla pour lui proposer de l'accompagner jusqu'à sa chambre. Il lui répondit astucieusement que son camarade de chambre couchait avec une femme très bruyante. L'employé rigola et le laissa tranquille. Il fut ensuite réveillé à sept heures du matin par le premier chariot du room service.

Il demanda au candidat pourquoi son université ne lui payait pas une chambre. L'homme lui répondit qu'il venait de prendre une année sabbatique pour écrire un roman comique. Sa femme et leurs deux filles avaient bossé chez McDonald's et ils arrivaient à joindre les deux bouts. Mais il n'était pas titulaire de son poste et son département l'avait remplacé par un jeune prodige originaire de l'Iowa. « Voilà pourquoi je suis ici. Je n'ai pas encore vendu mon roman. » Il coupait aussi des sapins de Noël pour quatre dollars de l'heure, alors qu'à cette période de l'année, il faisait sans conteste un froid de canard dans le Michigan. Il dit au candidat d'aller se reposer dans la chambre de sa suite, et lui donna une petite bouteille de whisky canadien qui le fit sombrer dans les bras de Morphée.

C'était une bonne histoire, pensa-t-il. L'université embaucha le type, dont le roman fut publié et marcha bien. Il voulut plaquer son nouvel emploi pour consacrer tout son temps à l'écriture, mais sa femme prit peur et lui annonça qu'elle le tuerait d'une balle dans la tête si jamais elle devait retravailler chez McDonald's. Quelle famille délicieuse. Le poète lauréat se jura de ne jamais tenter de peloter les deux ravissantes adolescentes de son nouveau collègue.

    Il pouvait dire avec précision quand le désir s'était envolé ou quand il avait remarqué sa disparition. C'était un après-midi de la fin août 2013. Il faisait chaud et il occupait une table à la taverne. Il était seul car il arrivait toujours à quatre heures alors que ses amis, moins pressés que lui, débarquaient à cinq heures. Il y avait deux filles au bar, dont l'une, en minijupe estivale, se tortillait sur son tabouret. C'était fascinant, ou du moins ces déhanchements l'auraient été par le passé. Il ne réagit pas. Il se pinça légèrement pour s'assurer qu'il était bien vivant. Non, le rideau était tombé et il se demanda s'il devait incriminer le gros rhume contracté récemment. En tout cas, il ne ressentit pas cette violente morsure de lubricité qui aurait dû l'envahir. Dans un passé guère éloigné, quelques minutes plus tôt pour être exact, il se serait rué au bar pour payer des coups à ces deux filles, les baratiner, glisser dans la conversation « Je reviens tout juste de New York où j'ai vu mon éditeur », reluquer les cuisses soyeuses de l'aguicheuse et imaginer le splendide pubis de cette délurée sur son oreiller pas si solitaire que ça. Les amies de la donzelle arrivèrent bientôt et les filles s'en allèrent, mais pas sans que l'allumeuse ne lui adresse un clin d'œil. Tout ce cinéma pour son corps désormais insensible. Il ne parvint même pas à lui retourner son clin d'œil, car une chape de plomb venait de tomber sur son âme.

Il ressassa longtemps cette expérience insignifiante, mais qui n'avait rien d'insignifiant à ses yeux. Elle évoquait le roulement de tonnerre qui annonce le jugement dernier. Dès sa prime jeunesse, il avait consacré tout son temps à penser aux femmes.

Un jour, en fin d'après-midi, alors que son voisin John et lui venaient de descendre non pas une mais deux bonnes bouteilles de vin, cédant à une impulsion subite, il avoua que la sexualité avait « déserté » sa vie.

« *Sic semper tyrannis*, répondit John.

— J'ai oublié ce que ça veut dire.

— Ça veut dire que ton tyran est mort. Le sexe est le plus puissant despote qui règne sur nos vies. L'an dernier, j'ai vu un nombre extraordinaire de jeunes femmes entrer chez toi. Elles restaient rarement plus d'une heure. Ça me faisait une agréable distraction pendant que je préparais le repas. Je me suis vraiment posé des questions sur ton emploi du temps.

— Fallait que je m'occupe de ces filles avant de me mettre à picoler, après quoi je suis hors-service. Après leur départ, j'étais libre de m'envoyer un grand verre de whisky, ou de n'importe quoi d'autre.

— J'ai cru que tu leur donnais aussi à manger.

— Non, sauf du bon fromage et des olives espagnoles que je fais venir de New York par FedEx. C'est mon seul péché mignon.

— Tu n'as peut-être pas encore remarqué que je suis gay, même si j'ai eu une fille d'un mariage malheureux fait dans ma jeunesse pour plaire à mes parents. Ils avaient découvert que j'étais gay, alors je me suis marié pour leur prouver qu'ils avaient tort. Tu as rencontré ma fille il y a deux ans.

— Oui, une femme adorable.

— J'ai trouvé très délicat de ta part de ne pas essayer de la sauter.

— Quand tu es rentré dans ton bungalow, j'ai commencé à la draguer, mais elle m'a dit qu'elle n'aimait pas les universitaires, qu'elle préférait les gars de la station de lavage. »

Il gagna beaucoup d'argent quand Warner Bros acheta ses novellas. Il voulut plaquer l'enseignement, mais sa femme insista pour qu'il continue. Bien qu'ayant reçu de l'argent de sa famille, elle avait à cœur d'économiser en vue de ses vieux jours. Il avait remarqué qu'elle tenait ça de son père qui avait réussi à mettre de côté une somme coquette mais était mort dès sa première année de retraite. Sa mère aussi avait de l'argent mais, à la mort de son mari, elle avait filé dans un couvent du Kentucky réservé aux femmes âgées, projet qu'elle avait depuis longtemps. Mais, lui, comme vingt ans au moins le séparaient de la retraite, il n'arrivait pas à s'en faire une idée concrète.

Une confusion ronchonne s'empara de lui. Il apparut peu à peu qu'elle était due à son mode de vie quatre fois schizoïde : il écrivait ses poèmes et ses romans, il enseignait et maintenant, il écrivait des scénarios en échange de ce qui lui semblait être beaucoup de fric. Il débuta en touchant le forfait minimal de cinquante mille dollars, ce qui dépassait de loin son salaire annuel d'universitaire. Au début de l'année suivante, son agent lui obtint cent cinquante mille dollars pour un scénario à pondre sur-le-champ. Il l'écrivit en trois semaines. La production dit qu'elle l'« adorait », mais le film ne vit jamais le jour. Contrairement à ce qu'il avait imaginé, le succès le rendit colérique et malheureux. Les raisons de ce changement restaient vagues, mais il se sentit complètement inadapté à sa nouvelle situation. Il prêta beaucoup d'argent à des amis qui ne le remboursèrent jamais, sauf mille dollars que lui rendirent successivement deux couples d'autochtones américains vivant près de son chalet et contraints de payer des amendes pour braconnage. Ces deux couples allèrent le voir au cours des années suivantes. Ils sortirent des billets de leur boîte à cigares, qu'ils comptèrent lentement sous ses yeux. Se faire rouler dans la farine ne lui apprit rien : il continua à attendre bêtement que les gens le remboursent. Il finit par se dire que les temps avaient changé. Son père lui avait inculqué qu'un prêt dont on bénéficiait ressemblait à une dette de jeu : c'était une priorité absolue.

Son épouse manifesta pour la première fois son désir de ne plus habiter avec lui à une époque où il buvait comme un trou. Elle avait mis dans le mille. Il n'était plus l'homme calme, intelligent, svelte et poli qu'elle avait épousé. Autrefois elle aimait son corps mais, depuis leur mariage, il avait pris trente-cinq kilos. Durant ses périodes de marche compulsive, il en perdait parfois douze ou treize, et une année, à force de volonté, il se débarrassa de vingt kilos. Mais sa plume s'en ressentit. Il écrivit ses livres les plus forts dans une période où il cédait à toutes ses envies culinaires. Comment bien écrire quand on pense tout le temps à la bouffe ? On ne peut pas essayer d'écrire sur la sexualité, le destin, la mort, le temps et le cosmos quand on rêve en permanence d'un énorme plat de spaghettis aux boulettes de viande. Naturellement, tout ce surpoids avait un effet désastreux sur leur vie sexuelle. Il était trop massif pour la classique position du missionnaire, et ses excès lui donnaient mauvaise haleine. Elle réussissait seulement à lui faire l'amour en lui tournant le dos. Et puis il souffrait d'épuisement chronique. Après toute une journée d'écriture, il était au bout du rouleau. Tout ce qu'il désirait quand il avait bossé du matin au soir, c'était boire un bon verre, au moins un triple. Le patron de la taverne donna son nom à un cocktail : quintuple tequila avec une pointe de jus de citron vert Rose's. Il renonça à boire ce cocktail quand le prix de sa tequila préférée, l'Herradura, explosa suite à une maladie des agaves mexicaines, et aussi parce que la bonne tequila était devenue une mode au Japon. Il pouvait s'offrir une bouteille, mais ça lui fendait le cœur, comme au gamin pauvre qu'il avait jadis été. Il avait pourtant pris l'habitude de jeter l'argent par les fenêtres, sa table réservée accueillait en permanence des amis et des connaissances, dont certaines s'incrustaient pour boire des coups à l'œil.

Lors d'un cessez-le-feu avec sa femme, il accepta de renoncer aux alcools forts à la maison, et de se contenter du vin. Il respecta ce contrat environ un mois, puis il eut l'impression d'être un artiste frustré. Quand il achetait ses bouteilles de vin chez le marchand, il prenait aussi une demi-douzaine de petites bouteilles d'alcool fort. Jusqu'à cinquante ans, il continua d'en acheter et de les cacher, principalement dans son studio. Son besoin d'alcool était tel qu'il dessinait des cartes maladroites de ses planques en sachant très bien qu'il les oubliait au fur et à mesure. Maintenant qu'il avait accepté cette règle idiote pour faire plaisir à sa femme, il pouvait verser en douce de la gnôle dans le verre de vin rouge qu'il avait bu en fin d'après-midi. À sa décharge, il ne picolait jamais en écrivant, hormis quelques gorgées au moment d'achever sa journée de travail. Histoire de s'amuser, un ami et lui, tous deux grands amateurs de Faulkner, cherchaient les passages où, de toute évidence, le génie était complètement bourré. Faulkner tombait de son cheval, puis se saoulait pour soulager la douleur. Il trouvait n'importe quelle raison pour frôler le coma éthylique, même l'obtention du prix Nobel. Une horrible photo de son visage après des électrochocs fut heureusement interdite de publication, mais elle refit surface après coup. Découvrir ainsi le visage tuméfié de son idole le poussa à envisager le sevrage définitif, une impulsion momentanée et hypocrite. Son propre père buvait peu, pas grand-chose en dehors d'une bière glacée quand, par une journée caniculaire, il mourait de soif. Il expliquait que lorsqu'on avait cinq enfants et un salaire modeste, c'était le genre de dépense sur lequel on rognait. Mais lui avait tendance à boire avec excès, qu'il soit sur la paille ou qu'il ait beaucoup d'argent. Un bon prétexte à ces beuveries, c'était que l'abus d'alcool garantissait la fidélité conjugale. Il ne l'avait jamais dit à sa femme car il ne voulait pas être observé de trop près durant ses périodes de sobriété, mais c'est un fait bien connu des poivrots que trop d'alcool nuit à l'érection. De toute façon, il ne rencontrait jamais de femme disponible hormis les habituées de la taverne. Il avait tenté sa chance l'année précédente, mais la femme avait vomi une minute après être entrée dans le motel et la puanteur avait ratatiné instantanément son tendre organe. Elle s'était rincé le visage et avait dit : « Qu'est-ce qui cloche chez toi ? » Il était trop bien élevé pour répondre que l'odeur du vomi l'avait fait débander.

Depuis un moment, les étudiantes étaient devenues strictement taboues, en grande partie à cause du féminisme ; mais à la belle époque, quand il enseignait, tout le monde fermait les yeux. Il se rappelait très clairement les drames domestiques que faisaient éclater les liaisons entre professeurs et étudiantes. Un jour il avait emmené une fille ravissante en balade jusqu'à un vaste terrain boisé, sans se douter que son épouse, armée d'un pistolet, les suivait discrètement en voiture. Elle avait soupçonné qu'il y avait anguille sous roche en découvrant un mot dans son veston : « J'adore quand tu me broutes la chatte. »

Sa femme avança sans bruit à travers bois sur le sentier. Elle connaissait bien cette région où elle venait souvent observer les oiseaux. Elle avait vu de nombreuses fauvettes printanières parmi les frondaisons des feuillus, ainsi que des morilles, qu'il fallait ramasser au moment où les fauvettes arrivaient du sud.

Elle était maintenant assez près pour entendre le bruit de leurs ébats et le cri sonore signalant l'orgasme de son mari. Elle sortit le calibre .38 de son holster et tira une balle près de la fenêtre ouverte de leur voiture. La détonation fut assourdissante.

Le Vieux Saltimbanque

« Je suis touché ! Je suis mort ! » s'écria-t-il d'une voix dramatique.

La fille s'échappa par la portière opposée de la voiture, puis elle piqua un sprint sur le sentier avant de s'enfoncer au plus profond des bois. Elle avait la moitié inférieure du corps nue, ce qui allait lui poser problème à cause des moustiques. Elle courait à une vitesse ahurissante. Son épouse tira un autre coup de feu en l'air pour encourager sa fuite et peut-être, aussi, la décourager de baiser avec un autre homme marié. Courroucée, elle pointa le pistolet sur lui, qui avait déjà suffisamment récupéré pour s'envoyer une bonne rasade de whisky canadien.

« Légalement j'ai le droit de te buter, dit-elle.

— J'en ai rien à foutre », fanfaronna-t-il, encouragé par le whisky.

Elle fit pivoter son arme et dégomma la fenêtre opposée. Il se tassa sur lui-même, cria « Non ! » puis se mit à sangloter. Elle baissa les yeux vers le membre flaccide en se disant qu'elle allait lui loger une balle à cet endroit, mais il s'était recroquevillé comme une tête de tortue. Elle lança le pistolet dans les sous-bois quand son mari lui chuchota d'une voix hoquetante : « Ne me tue pas avant que j'aie fini ce scénario, sinon tu perds cent mille dollars. »

En proie à un léger vertige après avoir déclenché cette scène conjugale plutôt comique, elle retourna vers sa voiture. « Tu as un scénario à finir » devint une blague familière chaque fois qu'elle désirait le tourmenter ou abréger l'un de ses discours moralisateurs sur le mariage.

Par la suite, dès qu'il repensait à cet événement, son cœur s'emballait et il se sentait verni de n'avoir pas chié dans son froc. Quelques jours plus tard, après son cours sur le roman moderne, la ravissante élève lui avoua qu'elle avait le cul couvert de piqûres de moustiques. Cette confidence lui donna la trique et il eut envie de voir ces piqûres, mais elle lui dit : « Rien à faire. T'as intérêt à me filer un A, sinon je vais voir ton président pour lui dire que tu es un pervers sexuel. » Elle savait qu'elle le tenait, elle ne prit même pas la peine de rédiger sa dissertation semestrielle. Pour l'examen final, elle se contenta de griffonner quelques mots. Il ne parvint pas à lui en vouloir, car il se demandait toujours comment elle avait bien pu rentrer chez elle à moitié nue. Il retrouva non sans mal le pistolet dans les sous-bois. Il y tenait énormément. Ce vieux colt avait appartenu à son grand-père puis à son père. D'après la légende familiale, son grand-père avait tiré avec cette arme sur un voisin qu'il soupçonnait d'avoir mis le feu à sa grange. Le voisin s'en alla avec un trou dans la jambe, et le différend prit fin.

Il se lassa très vite des premières croyances qu'on lui avait, à ses yeux, inculquées de force. Sa mère l'avait assommé de livres pour enfants au contenu vaguement religieux. Selon l'un de ces bouquins, il devait avant tout se montrer « fort, courageux et sincère ». Quand il l'interrogeait, sa mère avançait des explications hâtives. De son point de vue à elle, toutes les questions du fiston étaient agaçantes, car elle constatait souvent qu'il ne croyait pas à ses réponses. « Comment les oiseaux font-ils pour voler ? » était une patate chaude qu'elle refilait aussitôt à son époux. Ils se rendirent à la bibliothèque municipale et consultèrent de nombreux manuels bien utiles. Il se rappela qu'en se baladant dans les bois, on trouvait parfois un oiseau mort et qu'il était très léger quand on le prenait dans la main, même un assez gros corbeau. Être fort, courageux et sincère n'était pas trop difficile, sauf « sincère » qui demeurait pour lui un mystère. « Fort » avait toujours été le plus facile car devant l'insistance de son père, il avait fait du sport pour ne pas devenir « une mauviette », un mot affreux volontiers employé par son géniteur. Et puis il travaillait de ses mains, il désherbait les jardins et tondait les pelouses pour quinze cents de l'heure. Comme il n'aimait pas laver les voitures, il exigeait vingt-cinq cents pour cette tâche. Il devint de loin l'élève le plus costaud de sa classe et presque jusqu'à la cinquantaine, il battait les ouvriers aux concours de bras de fer organisés à la taverne.

Il savait bien sûr que la simple force physique était parfaitement inutile dans le monde d'aujourd'hui. Il suffisait désormais de savoir pianoter sur un clavier d'ordinateur, sauf quand on bossait dans le bâtiment ou qu'on avait besoin de poser des parpaings, chose qu'il avait expérimentée après s'être fait virer de l'université. Ils menaient à cette époque une existence précaire car, par fierté, il avait refusé que sa femme accepte l'argent de ses riches parents. C'était un travail extrêmement rude, surtout par temps froid. Quand il gelait, on ajoutait un peu de sel au mortier, même si c'était illégal ou peu scrupuleux, car cet ajout fragilisait le lien entre les parpaings. Un jour qu'il tenait un bloc d'angle de quarante-cinq kilos, il tremblait tant de froid qu'il le lâcha, écrasant plusieurs de ses orteils. Aux urgences, il fallut découper sa chaussure Red Wing. Durant sa convalescence – brève, car ils étaient sans le sou –, il prit la décision, compréhensible, de retourner à la fac pour décrocher son master. Les profs du département furent heureux de le voir revenir parmi eux, car il avait publié un premier recueil de poèmes chez W.W. Norton et un roman chez Simon and Schuster. Ensuite, il regretta souvent d'avoir été aussi idiot et sans cœur. Le succès ne l'aida guère ; il ne pouvait effacer toutes ces années de stupidité sans nom. Dans l'affreuse maison qu'ils louaient, il gardait le thermostat à treize degrés car ils n'avaient pas les moyens de s'offrir beaucoup de fioul. Mais à quoi bon souffrir du froid par fierté ?

Leur premier enfant, Robert, mourut presque tout de suite à cause de problèmes cardiaques. Ils eurent, à dix ans d'intervalle, deux filles qui furent la joie de leur existence. Mais quand elles se marièrent et quittèrent la maison, il pensa tristement : « Et maintenant ? » L'alcool était toujours présent. Il sauva sa peau en achetant un chalet assez isolé dans la Péninsule Nord du Michigan pour aller s'y réfugier. Il n'entra même pas dans ce chalet avant de l'acheter, ce qui n'était guère étonnant de sa part. Comme il se contrefichait de la race humaine dans son ensemble, il observait avec ravissement la profusion des oiseaux et l'ours qui venait assez souvent dans la cour pour vider leur mangeoire. Cet ours prenait une grande bouchée de graines de tournesol, qu'il mastiquait d'un air rêveur. Il devint si intime avec le vieux mâle qu'en rentrant au milieu de la nuit après avoir picolé à la taverne, il s'arrêtait sur le chemin de terre de son chalet : l'ours s'approchait, posait le menton sur le haut de la portière et se laissait gratter le poil entre les oreilles. C'était complètement idiot et, quand son ami Mike lui fit mieux connaître les ours, il perdit cette habitude. Il déposait ses restes de poisson sur une souche située à cent mètres au moins du chalet. Mais un beau jour, le vieux mâle ne lui rendit plus visite et il en conclut qu'il était mort de vieillesse ou bien qu'il avait été tué par les innombrables chasseurs qui, chaque automne, infestaient la région avec leurs chiens.

Leurs deux filles s'installèrent dans le Montana. Après plusieurs années de solitude et de longs trajets de fin d'été, sa femme et lui renoncèrent aux beautés d'un Nord-Michigan de plus en plus touristique, vendirent la ferme et s'y installèrent aussi. Ce fut plus difficile pour sa femme que pour lui. Elle s'occupa de toutes les démarches liées au déménagement et ne trouva qu'une location hideuse où habiter quelques semaines, le temps de chercher une maison. Elle tomba sur une grande ferme de douze hectares. Avec des charpentiers, elle dessina les plans d'un réaménagement global des espaces habitables, puis elle rejoignit leur petite *casita* proche de la frontière mexicaine pour l'automne, l'hiver et les pluies froides du début du printemps.

Finalement, malgré les mises en garde de son épouse, il cessa définitivement d'enseigner grâce à l'écriture scénaristique, qui devint un véritable enfer car il accepta beaucoup trop de travail par pure cupidité. Il n'arrivait vraiment pas à croire qu'il gagnait autant d'argent, mais tout ce fric n'avait aucune influence bénéfique sur ses émotions. L'un dans l'autre, cela le déprimait. Un coup de fil matinal de Hollywood pouvait lui gâcher toute une journée de travail. Durant ces années dans le Montana, il pêchait constamment, une passion remontant à l'enfance, mais la sinistre routine de l'enseignement lui manquait parfois. Des années plus tôt, on l'avait embauché à Stony Brook, à Long Island, grâce à un de ses anciens professeurs devenu très influent. Le travail était facile. Il donnait un seul cours et aidait le président. Il avait un bureau, où il installa un fauteuil confortable. Pas de chaise à dos droit dans ce bureau. Ce fauteuil déplaisait aux innombrables professeurs qui venaient se plaindre des injustices de l'enseignement. Le président le laissait décider qui enseignait quoi et il était détesté de tous à cause de son arrogance. Son cours, très populaire, sur la poésie du vingtième siècle, expliquait la présence de ce confortable fauteuil. À cette époque, les minijupes étaient pour ainsi dire obligatoires et les filles séduisantes débarquaient dans son bureau pour s'installer dans ce profond fauteuil. De son point de vue à lui, le spectacle était splendide.

Il se montrait parfois grossier et rébarbatif quand ses étudiants lui demandaient des conseils relatifs à l'écriture. On l'avait embauché pour enseigner la littérature américaine récente, pas l'écriture créative. Il était parti du mauvais pied avec ses collègues en soutenant sans cesse que Gabriel García Márquez était un écrivain américain au sens large, tant les pays situés au nord et au sud des États-Unis constituaient « les Amériques », y compris le Canada. Les objections se multipliaient mais il s'en contrefichait car son travail rencontrait un vif succès. Il revenait à Margaret Atwood de décider si elle voulait être américaine ou canadienne, mais certainement pas aux professeurs d'anglais du monde entier.

Il se comportait comme Léon Tolstoï qui, lorsque Rilke lui dit qu'il devait écrire, déclara : « Alors écris, pour l'amour de Dieu ! » Faulkner se montra encore plus pervers. Quand on lui demanda de quoi un écrivain avait besoin, il répondit : « De papier et d'un crayon. » Autrement dit, trouve toi-même, il n'y a pas de raccourcis. Il faut y consacrer ta vie entière.

Il attendait avec impatience l'anniversaire de ses soixante-dix ans, et l'événement arriva à point nommé. Ce jour-là, il envisagea de devenir un vieux chnoque voguant librement de-ci de-là, réfractaire à toute critique émanant des autres ou de lui-même. Il buvait quand il en avait envie et, après deux ou trois échecs sexuels retentissants, il se dissuada de tenter à nouveau sa chance. Il interrogea enfin un ami médecin qui lui dit que les neuf médicaments qu'il prenait tous les jours depuis son opération de la colonne vertébrale auraient suffi à tuer toute sexualité chez un éléphant ou une baleine. Il envisagea d'arrêter de prendre ses cachets, mais il ne voulait pas mourir tout de suite. Encore écrivain en herbe, il avait décidé de publier des livres jusqu'à sa mort, au moins une vingtaine si possible, un programme digne d'un romancier du dix-neuvième siècle, vigoureux, athlétique, dur à la tâche, audacieux, qu'il s'était efforcé de devenir. Malheureusement, il avait dix livres de retard. Ces derniers mois, il avait achevé à la fois un roman et un recueil de novellas mais maintenant, à soixante-dix ans, il se sentait vraiment au bout du rouleau. Une fois de plus, il consulta son ami médecin alcoolique qui diagnostiqua un épuisement avancé, ajoutant qu'il avait bousillé ses glandes productrices d'adrénaline. Ignorant tout de ces glandes et peu curieux de leur fonctionnement, il se contenta d'apprendre qu'elles étaient bousillées. Il cessa tout travail, se limitant à un poème de temps à autre et au journal qu'il tenait depuis longtemps; il se mit à dormir beaucoup dans la journée en plus de la nuit. Le zona et la névralgie le privaient de sommeil paradoxal car ses baumes et ses cachets ne faisaient plus effet. Mais, dans la journée, il pouvait s'enduire de baume et roupiller une heure confortablement. Il se remit de son épuisement dû à l'écriture simultanée des deux livres, mais ne retrouva jamais l'énergie d'autrefois.

Depuis son soixante-dixième anniversaire, ses amis du bar l'appelaient « le vieux ». Ce nouveau sobriquet l'amusait au lieu de l'agacer. La plupart d'entre eux étaient quinquagénaires. Deux ou trois, âgés de moins de trente ans, étaient admis à la table sacrée car il les considérait comme de bons écrivains. Ces habitués étaient de vieux amis artistes, lesquels se montraient toujours plus vivaces que les écrivains. Et puis ils cuisinaient beaucoup mieux que les poètes et les romanciers, même s'il ne savait absolument pas pourquoi. À la table, il occupait les fonctions de maître de cérémonie putatif, et il savait parfois faire rebondir la conversation quand tout le monde baissait les bras. Dolly, une poétesse, se joignait souvent à eux. Elle supportait avec courage la vulgarité de leurs échanges et leur répondait dans la même veine, se laissant parfois aller à des outrances qui les faisaient presque rougir. Il lui semblait comique que plusieurs de ses amis refusent de reconnaître avec quelle évidence s'imposait la vieillesse. Mais peut-être l'acceptaient-ils inconsciemment, car ils feignaient souvent un entrain frelaté, se lançant dans le récit de conquêtes entièrement fictives sans jamais remarquer que personne ne les croyait. Il médita longuement sur la vanité masculine et le besoin de prolonger ces illusions viriles quitte à jeter toute crédibilité aux orties ; c'était comme de vouloir partir en guerre sans s'apercevoir qu'on y était déjà. Il se remémora une vieille citation lue quelque part : « Il n'y a pas de Dieu en dehors de la réalité. Le chercher ailleurs équivaut à la chute. » À quoi bon prétendre avoir un autre âge que le sien ?

Un après-midi particulièrement chaud à la taverne, il lâcha une petite bombe en citant ce qu'il venait d'écrire dans son journal : « Nous vivons tous dans le couloir de la mort, occupant les cellules de notre propre conception. » S'ensuivit une bruyante dispute entre les deux écrivains qui assumaient totalement la responsabilité de ce qu'ils étaient et les quatre autres qui accusaient tout un ensemble de circonstances extérieures à eux. Son propre père se plaisait à dire : « Si tu es nul, pourquoi t'en prendre à autrui ? » Il aimait cette phrase, reconnaissant que tout ce qui avait radicalement foiré dans sa vie s'expliquait par des causes qui se trouvaient en lui-même. On lui avait aussi enseigné que seules *les mauviettes* mettaient sans arrêt leurs problèmes personnels sur le dos des autres. Dolly, la poétesse, intervint pour dire qu'elle avait été sauvagement violée par trois garçons quand elle avait onze ans. Un silence de mort plana longtemps sur la salle, jusqu'à ce qu'un fichu poivrot déclare : « L'exception qui confirme la règle. » Tout le monde le hua. Puis il s'excusa auprès de Dolly pour cette imbécillité. Il avait toujours trouvé particulièrement idiote cette histoire d'exception qui confirmait la règle.

Il avait tout récemment renoncé à son attitude bougonne envers la vie et retrouvé le moral. Bien que sa femme et lui soient séparés, il continuait d'utiliser son studio. Un après-midi, il écoutait Schubert sur la station de radio NPR quand un troglodyte familier apparut derrière la fenêtre grillagée et se mit à chanter avec agressivité, comme s'il voulait concurrencer la radio. Ce manège continua un bon moment et un souvenir remonta de son enfance obsédée par la nature : le troglodyte des marais possédait un langage plus élaboré que le troglodyte familier. Son incapacité à se remémorer autre chose à propos des troglodytes le troubla. Celui-ci nichait sur le toit dans un tuyau de poêle bouché, il croyait peut-être que la musique de Schubert venait d'un oiseau rival, même s'il parut bientôt accompagner avec excitation l'oiseau Schubert. Il tenta de se rappeler une chose découverte par sa femme sur Internet : à l'Université de Chicago, des chercheurs manipulaient scientifiquement les rêves des pinsons. Ils s'aperçurent que les pinsons rêvaient de chansons qu'ils ne chantaient jamais en vrai. Exactement comme nous, pensa-t-il. Les dons de l'enfance étaient les arbres, les rivières, les oiseaux et les fleurs. Il se demanda où étaient passés ses petits manuels datant de cette époque bénie. Il descendit au sous-sol de son studio pour fouiller dans de vieilles caisses de livres disparates. Il trouva le guide des arbres, certes pas son préféré. Il se rappela avoir demandé, au catéchisme, pourquoi Dieu s'était montré si désordonné en créant autant d'espèces d'arbres. Le professeur se mit en colère contre cet enfant qui osait critiquer Dieu. Il pleura tout le long du chemin jusqu'à chez lui, convaincu d'être un pécheur endurci mais, au plus profond de lui, il ne pouvait s'empêcher d'interroger l'immense diversité des espèces terrestres. C'était très troublant pour un petit garçon débordant de curiosité.

La nuit précédente, il avait refait le cauchemar le plus déconcertant de son existence. Parfois, au beau milieu de ce rêve, il se réveillait en vomissant par terre, penché au bord du lit, la bouche grande ouverte. Tout avait commencé peu après qu'il eut perdu son œil gauche lors d'un accident. Une fillette, une copine, lui avait enfoncé dans l'œil un verre brisé qu'elle avait ramassé sur un tas d'ordures à la lisière des bois, derrière l'hôpital. Il avait marché jusqu'à la porte de l'épouse du médecin, Mme Kilmer, qui avait nettoyé la plaie puis appelé son mari et les parents du garçon. Il avait atterri dans un hôpital de Grand Rapids où il était resté un mois. Quand il était enfin rentré chez lui, il avait toute la moitié gauche du visage bandée. Le médecin avait réussi à maintenir son œil en vie, mais il n'y voyait plus rien. Environ une semaine plus tard, la grippe débarqua dans la ville de Reed City et il tomba gravement malade. Une semaine plus tard encore devait avoir lieu en ville le spectacle annuel des saltimbanques. Personne ne le ratait jamais, sauf quelques poivrots et certains habitants très pauvres comme le chiffonnier, sa femme et leur fille pour qui sa classe organisait chaque année une collecte afin de lui payer des chaussettes chaudes, sans quoi elle n'en aurait pas eu de l'hiver. Il mentit à ses parents et leur annonça qu'il se sentait mieux alors qu'en réalité il était toujours nauséeux et frissonnant de fièvre. Ses parents n'avaient pas trouvé de baby-sitter et voulaient vraiment assister au spectacle. Ils l'enveloppèrent dans le manteau de chasse de son père pour le protéger contre le froid des soirées de novembre et la fraîcheur coutumière du petit auditorium. Ils s'assirent au premier rang. Le spectacle leur donna le tournis et un gros bibendum installé près d'eux n'arrêtait pas de péter. D'ordinaire, il aurait trouvé cela très drôle, mais dans son état, les simagrées des acteurs amplifièrent son cauchemar éveillé. Il était au comble de l'embarras. Sur scène, tout le monde s'était noirci le visage, y compris un chœur de femmes qui dansaient. Malgré leur maquillage outrancier, on reconnaissait les notables de la ville. Tout le monde chantait fort et mal, selon lui. Aucun d'eux n'égalait Bing Crosby. Il somnola quelques minutes et, lorsqu'il regarda de nouveau devant lui, il était fiévreux, couvert de sueur, et la scène tournoyait comme les images d'un vieux film muet quand on veut nous faire comprendre que beaucoup de temps a passé. Il vomit alors dans le manteau de chasse de son père et aussi par terre. Ce fut si bruyant que les comédiens cessèrent de jouer. « Quelqu'un vient de réagir à notre spectacle ! » s'écria l'un des saltimbanques. Tout le monde éclata de rire. Son père le fit aussitôt sortir de la salle, avec sa mère à leur suite. C'était début novembre, une neige poudreuse venait de recouvrir la ville. Quand son père le déposa près de la voiture, il prit une poignée de cette neige pour se la passer sur le visage et la bouche. Ce fut une sensation délicieuse.

« On n'aurait jamais dû l'emmener voir cette merde, dit son père avec colère.

— Je suis bien d'accord, approuva sa mère.

— Nous sommes désolés, fils », dirent-ils à l'unisson.

De retour à la maison, il s'assit à la table de la cuisine avec sa mère et tenta vainement de l'aider à nettoyer le manteau avec des torchons et une brosse. Il tomba de sa chaise. Sa tête heurta le sol et il s'évanouit. Son père le porta dans sa chambre puis le mit au lit. Il vomit encore, s'endormit enfin, ne se réveillant que le lendemain matin.

Cette expérience prit la forme d'un cauchemar qui se répéta toute sa vie. Ce cauchemar le déprima tant qu'à la quarantaine il consulta un psy. Ces séances l'aidèrent environ un an, puis cela recommença. Il ne réussit plus jamais à assister au moindre spectacle. Il finit même par renoncer au rituel consistant à lire ses poèmes en public. La veille de la lecture, il refaisait ce cauchemar jusqu'à ce que la nuit tout entière tourbillonne autour de lui. Et il était de nouveau pris de nausée, certainement l'une des sensations les plus désagréables que puisse connaître l'animal humain. Il se retrouvait donc sur le carreau, privé de renommée, sinon d'argent. Incapable de distraire son public, il n'essayait même plus de le faire. L'ogre saltimbanque se dressait devant ses yeux effarés, le visage enduit de cirage noir.

Se croire hanté par des saltimbanques jusqu'à la fin de ses jours avait quelque chose de tristement comique. C'étaient des simulacres humains, moqueurs, pour ne pas dire malhonnêtes. À ses yeux, presque tous les poètes aussi étaient des menteurs. Ils ne pouvaient absolument pas être ces hommes bourrés de qualités qu'ils prétendaient être. Après avoir donné et assisté à une bonne centaine de lectures de poésie, il s'en rappelait seulement une qui lui avait paru cent pour cent honnête et sincère. Un poète nommé, assez simplement, Red Pine, lisait les textes qu'il avait traduits d'un poète chinois d'autrefois appelé Maison de Pierre. Red Pine lisait ses traductions avec un calme olympien. D'habitude, après une lecture, il était en rogne et il avait besoin de boire un coup mais, à présent, il marchait jusqu'au port qu'il contemplait, la chair de poule encore sur ses bras. L'autre vraie exception, c'était Gary Snyder. Il aurait voulu que les lectures de Snyder ne s'arrêtent jamais.

Au début du printemps, il faisait souvent une balade d'une cinquantaine de kilomètres à travers la campagne, une sorte de pèlerinage hebdomadaire. Dans un village, il y avait un petit restaurant dirigé par une grosse dame âgée. Elle avait pour habitude de laisser mijoter, la nuit entière, un énorme bout de bidoche d'au moins six kilos. C'était le meilleur plat qu'il eût jamais mangé. Un jour, il était arrivé en retard, vers midi, et il n'y en avait plus, si bien qu'il essaya par la suite d'arriver à dix heures et demie, avant la ruée. Elle servait ce plat sous la forme d'un sandwich au rosbif chaud, avec une louche de purée généreuse, du pain maison, une délicieuse sauce à la viande et une petite assiette de maïs au poivron. Tous les bouis-bouis et les routiers d'Amérique proposent ce même plat qui, pour une poignée de dollars, vous rassasie. Il l'avait souvent savouré durant sa période désargentée de jeune beatnik traversant fiévreusement le continent en autostop entre San Francisco et New York.

Ce jour-là, le trajet en voiture fut très agréable, les premières nuances de vert pastel mouchetant les prairies gorgées de soleil. Même les vaches semblaient heureuses et optimistes, maintenant qu'un autre hiver maussade était derrière elles. La vieille dame, Edna, commençait le service à dix heures et demie du matin, car bon nombre de ses clients, des paysans, avaient pris leur petit déjeuner à cinq heures avant de traire les vaches et de les nourrir. « Je dors pas bien depuis la mort de Frank », disait Edna. Frank, feu son mari, un éleveur connu pour la qualité de sa viande, était mort d'une crise cardiaque l'année passée alors qu'il marquait le bétail.

Le poète se gara de bonne heure à côté d'un pick-up et prit le temps de fumer une dernière cigarette avant d'entrer. Par la fenêtre côté passager il huma une odeur infecte et entendit des piétinements. Une grosse truie Hampshire occupait la cage installée à l'arrière du pick-up. Il fut surpris, car cette truie ressemblait comme deux gouttes d'eau à Old Dolly, la truie de concours de son grand-père, mais c'était cinquante ans plus tôt et les cochons vivent rarement au-delà de douze ans. Et puis, s'il se souvenait bien, on l'avait abattue quand elle était devenue stérile et sa viande ensuite congelée avait été offerte à un travailleur social pour qu'il la distribue aux pauvres.

Il entra et salua le seul occupant du restaurant, un vieux paysan aux mains tremblantes.

« Belle truie que vous avez là-bas. Une Hampshire, si je ne me trompe ?

— Hampshire pour l'essentiel. Le reste, j'en sais rien. Le gars à qui je l'ai achetée toute petite y a des années retournait dans l'Est. Peut-être Duroc.

— Ma famille possédait autrefois son portrait craché.

— Si vous cultivez du maïs, c'est le moment ou jamais de reprendre l'élevage. Le porc, ça vaut de l'or. Mais c'est dur de faire pousser du maïs dans le Montana. J'ai la chance que mon petit frère cultive du bon maïs près de Billings. Elle est à vendre.

— Combien ? » Il se sentit inspiré. Pourquoi pas ?

« Trois cents billets. En cash. Je rends mon tablier, je liquide tout après soixante années de boulot à la ferme. Je m'installe en ville ici même. Ma femme trouve qu'on est trop isolé à la campagne. Dans un moment de faiblesse j'ai promis de l'emmener à Hawaii quand je prendrai ma retraite. Cette truie va mettre bas dans deux semaines. Vous pourrez récupérer votre pognon en vendant les petits. Elle a toujours eu au moins dix porcelets.

— Marché conclu », dit-il avant de dessiner une carte pour montrer le trajet jusqu'à chez lui à ce type qui s'appelait Fred. « Laissez-moi trois jours. Faut que je construise un enclos. »

Du compartiment secret de son portefeuille réservé aux urgences, il tira trois billets de cent dollars. En ces temps de vaches maigres, il lui fallait se protéger de son épouse et de ses filles, même si elles étaient toutes deux parties depuis longtemps et mariées à des jeunes hommes travailleurs.

Sur le chemin du retour, il se dit plusieurs fois que c'était maintenant ou jamais et il se demanda comment il allait annoncer la nouvelle à sa femme.

Elle avait bien trois chevaux, dont deux le détestaient cordialement, et une prairie de quatre hectares entourée d'une clôture aux planches peintes en blanc. Ils avaient d'abord installé les chevaux dans une petite écurie dont ils avaient construit eux-mêmes la palissade aux jours heureux du début de leur mariage, après avoir acheté une modeste ferme pour dix-neuf mille dollars. Aujourd'hui, on n'a plus rien pour ce prix-là, même pas une voiture.

Il fit halte dans un restau pour boire un verre. Il en avait seulement besoin d'un pour se donner du courage, mais il en commanda un double avec une chope de bière pour s'assurer du résultat. Après tout, rien ne l'obligeait à lui annoncer la nouvelle tout de suite. Coup de chance, il disposait du bois d'un vieux poulailler qu'il avait démoli à leur arrivée. Au début, ils avaient gardé des poulets deux, trois ans, mais avaient fini par les trouver trop casse-pieds. Puis, au fil du temps, il avait eu envie de cochons, surtout quand il était un peu déprimé à cause de sa médiocre carrière d'écrivain. Durant la période vraiment mélancolique de son enfance, après la perte de son œil gauche, il restait longtemps assis sur une souche devant l'enclos à cochons de son grand-père, à les regarder. Un jour que la truie venait de mettre bas dix porcelets, Papy l'avait isolée dans un enclos mitoyen pour permettre au gamin de s'installer au sec parmi les cochons de lait, à l'écart de la boue et de la merde. Son esprit confus fut soudain submergé d'extase. Les porcelets lui grimpaient dessus, car ils adoraient se faire gratter les oreilles et le ventre. Il avait un faible pour l'avorton de la portée et, à sa demande, on le lui confia. Il la baptisa Shirley, le prénom d'une fille de CE1 qu'il aimait bien.

Il était toujours plongé dans sa transe porcine quand il s'arrêta devant un magasin d'équipement agricole et d'alimentation pour bestiaux. Il s'exhorta à surveiller le moindre symptôme de son trouble bipolaire sans vouloir reconnaître qu'acquérir une truie de deux cent cinquante kilos au déjeuner relevait de la folie pure et simple. Sur le bloc-notes de sa voiture, il marqua qu'il devait acheter six poteaux de clôture en cèdre, une auge et un réservoir d'eau.

Il voulait construire l'enclos contre le mur arrière de son studio. Il se souvint d'acheter aussi cinq boisseaux d'aliments en se rappelant qu'une truie en bonne santé mangeait une tonne de grain par an. Il entendit le cliquetis chantant du tiroir-caisse du magasin en songeant que, si elle avait huit ou dix petits, il lui faudrait aussi les nourrir dès qu'elle les aurait sevrés. Son père lui avait dit qu'une truie mettait bas trois mois, trois semaines et trois jours après l'accouplement, soit un total de cent seize jours. Tout ça était très scientifique. Ou du moins le crut-il, n'entendant pas grand-chose à la science, hormis l'astronomie.

Il n'écrivit rien pendant deux jours et demi car il pensait avec émotion aux cochons. Pas un mot. Son vieux copain Cyrus Pentwater avait arrêté à la fois d'écrire et de boire quand il s'était mis à élever des lamas et des autruches. Il avait lu quelque part qu'élever des autruches constituait une véritable arnaque financière. Un couple reproducteur coûtait trente mille dollars et la seule manière de récupérer ce fric consistait à élever d'autres couples reproducteurs pour les vendre à des crétins désireux de les acquérir. La viande, disait-on, était bonne, avec un goût de bœuf prononcé. Alors pourquoi ne pas acheter des bovins, qui coûtaient nettement moins cher? Et puis, qui pouvait se résoudre à abattre une autruche qui était devenue, depuis toutes ces années, une sorte d'animal de compagnie? À la taverne où les hommes abordaient maints sujets dont ils ignoraient tout, le bruit courait que des autruches avaient tué bon nombre de leurs propriétaires en leur flanquant un coup de pied bien placé. Certains firent des recherches sur Internet et ne trouvèrent aucune preuve de ces prétendues attaques, mais tous voulaient y croire comme à ces histoires de vipères capables de vous tuer en cinq secondes chrono.

Le premier soir, il fredonnait une petite chanson avec des noms d'espèces de cochons en provenance du monde entier tout en regardant les horreurs survenues en Syrie sur CNN. L'aimable voisin de l'appartement de cheminot lui en avait trouvé une liste sur son ordinateur. « Hampshire, Arapawa Island, Mukota, Lacombe, Mulefoot, Ibérien, Chester White, Dutch Landrace, Sus Scrofa, cochon Schwäbisch Hall. »

Il ne vit pas sa femme juste derrière lui. Elle lui ébouriffa les cheveux.

« Tu perds tes cheveux avec l'âge.

— J'ai remarqué. Pas toi ?

— Je n'ai pas envie d'en parler. C'est quoi tout ce baragouin que tu chantonnes ?

— Des noms d'espèces de lamas, répondit-il du tac au tac.

— Je croyais qu'un lama était simplement un lama.

— Pas plus qu'un cheval est simplement un cheval.

— Que comptes-tu faire de ce lama ?

— Ça peut transporter du matériel dans les montagnes.

— Tu n'as jamais fichu les pieds dans les montagnes, sauf dans tes romans.

— Je n'ai jamais eu de lama pour transporter mon matos.

— C'est à toi de faire la vaisselle, mon joli. »

Maintenant qu'ils étaient presque séparés, ils détestaient les tâches ménagères.

Cette histoire de lama tourna en eau de boudin et il se prépara au bain de boue qui accompagnerait l'arrivée de sa truie géante.

Ce soir-là, il s'endormit très tôt après avoir vu une émission de National Geographic sur les hyènes. Du coup, il eut envie d'avoir une hyène apprivoisée, même s'il avait entendu dire qu'en un clin d'œil elle pouvait vous arracher un bras. Sans doute qu'une hyène considérerait sa truie comme un festin. Hemingway flanquait une balle dans le ventre des hyènes pour les faire souffrir. Il les prenait pour des créatures beaucoup moins nobles que les lions majestueux qu'il dégommait aussi, mais sûrement pas d'une balle dans le bide. Au Kenya, un de ses amis avait rencontré un Masaï dont la moitié du corps était couverte de cicatrices. Ce guerrier avait donné, de très près, un coup de lance à un lion qui chargeait, ce qui l'autorisait, depuis, à porter un héroïque bouclier. Son ami disait que c'était courageux en comparaison des chasseurs qui tiraient les lions à une distance de deux cents mètres.

Il embrassa sa femme dans le cou pour lui dire bonsoir, une habitude polie à laquelle ils n'avaient pas renoncé. Avant de rejoindre la porte de derrière, il se rappela qu'il avait oublié de faire la vaisselle et s'acquitta rapidement de cette tâche. C'est donnant-donnant. Si l'un prépare un bon rôti de veau, l'autre doit faire la vaisselle.

Il toucha délicatement les ampoules de sa main droite, dues au maniement du creuse-trou pour les poteaux de la clôture. Ses mains n'étaient plus habituées au travail manuel. Son voisin et ami le boucher était passé de bonne heure ce matin-là. Zack, qui frisait la quarantaine, testait un poteau en cèdre et disait : « Un peu plus profond, mon pote. » Malgré la fraîcheur matinale, il dégoulinait de sueur en creusant ses trous. Zack cloua les planches de l'enclos à l'intérieur des poteaux pour empêcher la lourde truie de faire sauter les clous en s'appuyant contre elles. Grâce à Zack, il installa l'enclos en une heure, puis y disposa l'auge et le réservoir d'eau.

« Si tu ne cultives pas ton maïs, tu ne gagneras pas un rond en élevant des cochons, dit Zack.

— Je sais. Je cherche de la compagnie.

— Les chiens et les épouses sont faits pour ça », blagua Zack. Il avait un pitbull, Charley, plus teigneux qu'un scorpion.

Il mourait d'envie de boire un verre, mais dès qu'il vit l'enclos achevé et divisé en deux pour isoler la truie et ses petits, il frissonna d'excitation. Il devait faire très attention, lui dit Zack, à ce que la truie ne roule pas sur le flanc au risque d'écraser ses propres petits. Un souci de plus sur cette planète décidément bien problématique. Lors de leur première séparation, sa femme avait fait disparaître toute trace d'alcool dans la maison et le studio. Sentant qu'il y avait de l'eau dans le gaz, il avait scotché deux mignonnettes sous l'étagère la plus basse de la bibliothèque. Il but le contenu des deux petites bouteilles sans les mélanger, toussa violemment, puis sentit la chaleur irradier dans son ventre. Il eut envie d'écrire, mais une règle impérieuse stipulait qu'il ne pouvait pas écrire en buvant. C'était un puritain pour tout ce qui touchait à son travail. Par exemple, il n'emportait jamais de nourriture dans son studio, car cela attirait les mouches et il ne voulait pas interrompre son boulot en cours pour les chasser. Il n'était certainement pas aussi méticuleux dans ses autres activités.

Pendant qu'ils bossaient, sa femme était passée les voir et elle avait fait remarquer que c'était une clôture sacrément solide pour un lama, quand un minuscule fil de fer aurait largement suffi.

« Peut-être que le lama aura des petits », répondit-il faiblement. S'il écrivait des poèmes et des romans, c'était sans doute parce qu'il ne supportait pas de dire la simple vérité.

« Occupe-toi donc de ta clôture, petit fermier », répondit-elle.

Les quatre hectares attenants étaient clôturés, mais les poteaux et les planches manquaient d'entretien.

« Je vais m'en charger, proposa gentiment Zack.

— Tu le gâtes, comme tout le monde sauf moi », dit-elle avant de retourner vers la maison tandis que Zack regardait son cul rouler dans son short kaki.

« Pas de doute, c'est une beauté. Quand tu crées un chef-d'œuvre, t'as pas de temps à consacrer aux clôtures.

— Exact, approuva-t-il. Faudra de la clôture à moutons pour que les petits cochons ne se fassent pas la malle. Je te paierai quinze dollars de l'heure pour faire cette clôture. » Il se prit à rêver en imaginant les porcelets gambader derrière les fenêtres du studio alors qu'il écrivait. Peut-être que le destin d'un artiste désargenté élevant des cochons pour subvenir à ses besoins et continuer à créer serait une bonne idée de roman.

Le lendemain matin, après qu'ils eurent terminé l'enclos, il reçut un coup de fil du paysan qui lui annonça qu'il chargeait la bête. Il réclama un sursis d'un quart d'heure, sortit en trombe de son appartement de cheminot avec une tasse de café froid datant de la veille au soir, laissant dans son lit l'épouse d'un étudiant en doctorat. Le mari de cette femme était parti pêcher au diable vauvert. La nuit précédente, il s'était décarcassé pour lui faire l'amour, sans grand résultat. Il avait espéré se rattraper dans la matinée et annoncé ses intentions. Elle le regarda d'un air endormi. « J'attends la livraison d'une truie à ma ferme », dit-il.

Quand il arriva, le paysan venait de reculer son pick-up jusqu'à l'enclos et il en faisait descendre la truie sur un large plan incliné. Il vit sa femme qui regardait la scène. Il se gara, puis emprunta le nouveau chemin vers l'enclos. Sa femme aidait le vieux paysan à charger les lourdes planches dans son pick-up. Elle se tourna vers lui et le fusilla du regard.

« Espèce de connard, dit-elle sobrement.

— J'ai pensé que mon lama aurait besoin de compagnie, répondit-il aussitôt.

— Tu mens comme tu respires. »

Le vieux paysan éclata de rire. « Je connais quelqu'un d'autre qui la veut. Faut vous décider vite : on pourra plus la transporter quand elle sera tout près de mettre bas. Cette truie vous nourrira toute l'année. On peut pas dire pareil d'un lama. »

Il se pencha au-dessus de la clôture pour lui gratter l'oreille, ce qui eut le don de lui plaire. Il perçut intimement la beauté de cet animal. Une « fierté de propriétaire » le submergea alors.

« J'envisage de lui flanquer une balle dans la tête, pesta sa femme en retournant vers la maison.

— Elle parle sérieusement ? s'inquiéta le paysan.

— J'en doute », dit-il en donnant à la bête deux pleines pelletées de grain versé dans l'auge, qui la ravirent.

« Appelez-moi si vous avez besoin de conseils », dit le paysan. Ils échangèrent une poignée de mains, puis le paysan s'en alla.

Il rejoignit son studio en pensant écrire quelques paragraphes sur sa nouvelle truie, mais il était beaucoup trop excité. On venait de lui livrer une niche à chien surdimensionnée, convertie en soue, où il avait dispersé trois balles de paille pour le confort de son invitée. Il la contempla par la fenêtre tout en écoutant la *Symphonie N°41* de Mozart, sa dernière. Il somnola de plaisir tout comme la bête somnolait après son déjeuner. Il se demanda pourquoi il avait attendu si longtemps pour accomplir le rêve de son enfance : posséder un cochon à lui.

Le vers de Wordsworth sur l'enfant qui est le père de l'homme l'avait toujours irrité. Il ne doutait pas de sa vérité fondamentale, mais c'était son côté déterministe qui l'agaçait. Récemment, la coloration religieuse de ses ruminations l'avait laissé perplexe, car elle venait d'une période de foi intense entre onze et quinze ans. Jésus avait été le héros de son enfance, plutôt que Superman ou les autres personnages de bande dessinée préférés par ses copains. Un ami voisin était obsédé par l'idée de devenir Dick Tracy et rêvait de communiquer par montre radio émetteur. Cet ami trouva la mort au Vietnam et, à sa connaissance, il n'eut jamais la joie de posséder un téléphone portable. Ce penchant pour la religion connut son apogée lors d'un séminaire de philosophie en dernière année de fac. Il déclara que dans notre jeunesse on acquérait aisément des croyances dont il était ensuite difficile de se défaire. Par exemple, il croyait toujours à la résurrection et il se sentait tout bizarre aux alentours de Pâques. Tout le monde se moqua de lui, sauf le professeur qui jugea qu'il s'agissait d'une question intéressante. Il y eut beaucoup de railleries condescendantes et de piques acerbes. Un étudiant en littérature fit remarquer que le poète français Guillaume Apollinaire avait écrit que Jésus détenait le record du monde d'altitude. Tous les étudiants s'esclaffèrent, puis il se rappela que lors du spectacle de saltimbanques, il avait piqué une crise de rage en entendant les acteurs imiter la voix des Noirs pour entonner sur scène ce qu'on appelait alors un negro spiritual. Il s'agissait manifestement d'un sacrilège, comme l'aurait sans nul doute déclaré son pasteur. Le professeur interrompit l'étudiant pour souligner que ce point de vue s'appliquait particulièrement aux jeunes gens entretenant des croyances haineuses, comme le racisme anti-Noir ou l'antisémitisme, qui semblaient les accompagner toute leur vie. Il acquiesça aussitôt, puis ajouta avec son propre sens de la dérision que les étudiants du cours croyaient seulement à la bière, au golf et à la chatte. Le professeur lui reprocha sa vulgarité, mais avec un léger sourire approbateur.

Maintenant, tant d'années plus tard, il se sentait de nouveau accablé par ces croyances sibyllines. Il était incapable d'expliquer *pourquoi* il croyait à la résurrection, mais l'idée ne lui était jamais venue de ne plus y croire. Il se mit à marmonner de petites prières à peine audibles. Son plus gros problème était de toute évidence l'alcool. Quand il priait, il restait toute une semaine loin du bar. Il avait ses mignonnettes à la maison, mais aucune grande bouteille. Un soir, il descendit sept mignonnettes, sans grand résultat. Il pensait qu'il serait plus ivre que ça. Et maintenant ses amis, en fait de simples compagnons de beuverie, l'appelaient pour lui demander s'il était malade. « Oui, nous le sommes tous », répondit-il mystérieusement. Il ne parlait pas forcément de l'alcoolisme. Il dépassait rarement deux verres par jour, se disait-il. C'était sa fréquentation régulière de la taverne qui avait fini par le rendre cinglé.

Et maintenant, il avait une peur bleue que quelque chose arrive à ses porcelets en son absence. La truie était à l'abri des chiens errants – ses énormes mâchoires n'auraient fait qu'une bouchée de n'importe quel malheureux clébard. Mais les cochons de lait étaient vulnérables. Il les cajolait après une longue journée d'écriture. Pour être franc, les petits cochons étaient désormais beaucoup plus intéressants que ses amis de la taverne.

Enfant, il avait beaucoup lu, y compris les prétendus livres pour adultes interdits aux jeunes. Son père avait conservé ses propres livres d'enfant, dont les récits d'aventures et de voyages de Richard Halliburton, tout Zane Grey et une collection avec un jeune héros nommé Tom Swift. Ces lectures furent encouragées par quelques maladies infantiles, une grave pneumonie le garda au lit pendant un mois entier qu'il consacra à la lecture, tout comme il l'avait fait lorsqu'il était blessé à l'œil. Il commença à trouver l'école très ennuyeuse en comparaison des plaisirs qu'il puisait dans les romans. *Tom Swift and His Electric Rifle* était très en avance sur son temps dans les années 1910 et 1920 ; ces livres l'encouragèrent à penser le monde de manière plus organisée et à développer ses propres théories. Par exemple, parce qu'il entra en religion en été, il se dit que Dieu était sorti de la terre et venu à lui à travers ses pieds nus. Pourquoi pas ? Il ne mettait pas de chaussures en été et il lui semblait parfois recevoir des messages par les pieds, son téléphone personnel avec le monde des esprits. À neuf ans, il dévoila sa théorie lors du cours de catéchisme et elle fut accueillie avec sarcasme. Tous les autres élèves déclarèrent que Dieu était dans le Ciel. Prise d'un élan de sympathie, la maîtresse se rappela les circonstances absurdes de sa propre conversion : elle était en pleine nature quand les arbres s'étaient mis à lui parler. Il persista à essayer de comprendre la vie, prenant des notes dans un journal intime, de sorte que personne ne s'étonna quand il devint écrivain. Un jour où ils pêchaient la truite, il confia sa théorie d'un Dieu souterrain à son père, qui lui répondit que, selon lui, Dieu était une rivière à truites. Entendant cela, il se mit à s'inquiéter à cause des déserts sans Dieu ni rivières, et lui en parla. Son père répondit que les déserts étaient pleins d'arroyos et de lits de rivière à sec, les rivières du passé, ajoutant que Dieu n'avait pas besoin de rivières en activité car il ne buvait pas d'eau. Il rumina des mois les paroles paternelles et envisagea avec excitation de partir vers l'Ouest pour sentir la présence divine dans les lits de rivières à sec. Son père lui dit aussi qu'il n'y avait pas beaucoup d'argent à gagner dans la théologie. Ce conseil tomba dans l'oreille d'un sourd car il ne s'intéressait guère à l'argent.

Il avait deux dollars par semaine d'argent de poche, plus ce qu'il pouvait grappiller en faisant des petits boulots dans le voisinage. Quand il eut grandi, il économisa tant qu'il put pour suivre la voie du grand Halliburton. Il désirait sillonner le monde et vivre de nombreuses aventures périlleuses, mais pas trop périlleuses quand même. Il sauverait sans aucun doute une belle indigène menacée par un anaconda géant, qu'il décapiterait avec sa fidèle machette. Tout récemment, sa conscience des femmes s'était aiguisée. La civilisation voulait l'astreindre à quatre autres années d'école qui l'empêcheraient inutilement d'assouvir sa soif d'aventures. Le monde fournissait tant de raisons d'être furieux contre lui. L'âge était un sujet de grande irritation. Les jeunes désirent que le temps accélère, les vieux qu'il ralentisse.

Par le plus grand des hasards, il avait découvert qu'il était intelligent. Un chercheur de l'université d'une ville voisine avait besoin d'un cobaye pour faire des tests dans le cadre de ses cours. Il toucha deux dollars de l'heure — une vraie manne —, pour se soumettre à cinq tests de QI, et quand vers la fin il sortit faire pipi, il jeta un coup d'œil aux fiches du chercheur et constata que ses scores pour les quatre premiers tests allaient de 163 à 171. Il ignorait ce que cela signifiait. La religion avait desserré quelques boulons dans sa tête et, à ce stade de son existence, il ne voulait pas être brillant, il désirait simplement être comme les autres.

À quatorze ans, il n'avait aucune envie de s'inquiéter pour son équilibre psychique. L'un de ses rares amis cultivés, bien qu'un peu cinglé, lui avait prêté un volume de Gurdjieff et d'Ouspensky, et il avait sans aucune précaution fait des expériences de transe « hors du corps », où il pouvait accomplir des exploits loufoques tels que rendre visite à d'autres planètes ou marcher au fond des océans. Il avait choisi la fosse de Mindanao dans le Pacifique, la plus profonde de toutes les dépressions océaniques, mais sans imaginer un seul instant qu'en dehors de quelques créatures phosphorescentes, il y ferait noir comme dans un four. Une fois au fond de l'eau, il ne sut pas comment réintégrer son corps et rentrer chez lui. Après avoir entamé son voyage dans la soirée, il lutta presque toute la nuit pour retourner à la normalité. Cette expérience l'effraya terriblement et aux premières lueurs de l'aube estivale il fut très heureux de reconnaître certains objets de sa chambre, surtout une reproduction d'un portrait de Modigliani et une autre de *La Naissance de Vénus* par Sandro Botticelli. De toute évidence, Vénus était née adulte et c'était sans doute la personne la plus sexy de toute l'humanité. À l'âge qui était le sien, elle le faisait souvent bander. Lorsqu'il fut affranchi de son escapade hors du corps et de retour dans le monde normal, il se jura de ne plus jamais jouer avec son esprit. L'imagination était une faculté trop puissante pour qu'on s'en amuse sans réfléchir.

Au tout début du printemps, il passa quelques semaines d'ennui et d'abattement, puis il se mit à courir tous les jours après l'école, suivant ainsi les conseils de l'entraîneur qui un jour le chronométra pendant que les gros balèzes du cours d'éducation physique couraient un huit cents mètres.

L'entraîneur remarqua avec étonnement qu'il avait gagné d'une bonne centaine de mètres et que son temps était sûrement assez bon pour lui permettre d'intégrer l'équipe d'athlétisme de l'école. En travaillant d'arrache-pied, il réussit en mai à arriver deuxième à quelques secondes seulement du champion de comté. Pendant plusieurs années, ce fut merveilleux. Pourtant, il bousilla tout en prenant quinze kilos de muscles sur les conseils d'un autre entraîneur le temps d'un été. Il avait désormais le poids suffisant pour jouer au football. Avec le recul, il y voyait une grave erreur, il se disait que malgré leur côté plaisant, tous ces muscles ne lui avaient fait aucun bien, et il pouvait expliquer tous les petits maux de l'âge mûr par les blessures dont il avait souffert dans l'équipe de football du lycée. Il jouait *running guard* en attaque et arrière centre en défense. Un jour, il entra sur le terrain pour participer à un match et son équipe se vit pénalisée pour brutalité gratuite. Lorsqu'il apprit par la suite qu'il avait blessé un garçon de l'équipe adverse qui venait d'une ville voisine, il eut honte. En son for intérieur, il adhérait en secret à la foi Quaker, et le football américain relevait de la pure violence. L'entraîneur lui répétait sans arrêt de « les frapper plus fort ». Il voulait qu'il mette les joueurs adverses « KO ». Lui ne pipait mot, mais s'interrogeait sur le sens de ce « jeu » dès lors qu'il consistait à faire le plus de mal possible aux autres. Sa petite amie, une pom-pom girl, était un peu niaise mais ravissante.

L'athlétisme avait été la liberté, mais le football se résumait à un affrontement imbécile et brutal. Il avait mis des années à se remettre d'un choc particulièrement violent.

Chapitre 2

Il appelait désormais la truie Darling ou Dee, en allongeant la voyelle avec son accent traînant du Middle West qui rappelait aux gens le comédien Herb Shriner quand il était encore à la mode. C'était là une sorte de moquerie, mais il s'en fichait car il aimait bien Herb Shriner. Darling mit bas et lui donna neuf petits cochons. Accoudé à la clôture, il assista à toute l'opération. « Le miracle de la naissance », pensa-t-il avec ironie, mais en vérité, il était ému. C'était beaucoup demander à une femelle. Le troisième jour, il perdit tragiquement son préféré, l'avorton de la portée, qu'il appelait Alice. La truie avait basculé sur le côté et écrasé l'un de ses rejetons. Il emporta le petit corps dans son studio et le posa sur le bureau. Il sanglotait. Il aurait voulu en faire sa meilleure amie. Ils se seraient promenés ensemble tous les jours ; si jamais elle s'était sentie fatiguée, il l'aurait portée dans ses bras comme il l'avait fait avec une de ses chiennes. Il l'enveloppa soigneusement dans un grand bandana rouge en pensant qu'elle incarnait l'une des profondes injustices de l'existence. Il creusa un trou dans l'enclos, qu'il décora d'un cercle de pierres. Il déposa le corps ainsi emmailloté au fond du trou, lança dessus une poignée de terre, puis prononça une authentique prière pour le salut de son âme. Avec deux crayons jaunes et de la colle, il bricola une croix, qu'il planta sur la tombe d'Alice.

Il était heureux de ne pas séparer sa propre vie de celle d'Alice, d'un corbeau ou d'un chien. Au fil des ans, quand un de ses chiens mourait, il se disait qu'il devrait peut-être l'accompagner dans ce voyage, son empathie le poussant au suicide. Il s'empêcha bien sûr de passer à l'acte, mais la mort d'Alice lui fit beaucoup de peine. Penser à son roman inachevé ou à sa séquence de poèmes en chantier le retint de l'accompagner. Mais cela aussi relevait de la vanité : comme si le monde attendait ses livres ! Peut-être était-ce aussi l'influence de la religion. Pourquoi se croire plus important que d'autres créatures ? Comment justifier une telle arrogance ? Il suffit d'étudier suffisamment l'histoire du monde pour constater que nous sommes tous condamnés, y compris les écrivains et leur manque d'humilité bien connu. Il savait depuis longtemps que l'humilité était la qualité la plus précieuse qu'on pût avoir. Sinon, on devenait victime des ambitions et des rêves vains de la jeunesse. Qui donc avait décrété que les écrivains étaient si importants pour le destin de l'humanité ? Shakespeare et quelques rares génies pouvaient revendiquer cet honneur, mais des milliers d'autres tombaient dans le vide de l'oubli. Assez curieusement, cela lui rappela le jour où il s'était arrêté un moment de travailler pour essayer d'aider une guêpe piégée derrière un store, dans son studio. Les efforts de cette guêpe pour traverser la vitre et rejoindre son nid dans le pommier situé à sept mètres de la fenêtre le rendaient fou. Il réussit à la libérer, mais la guêpe, furieuse de s'être fait attraper, agitait son abdomen en tous sens pour essayer de le piquer. Dès qu'il la fit sortir par la porte, elle vola droit vers le pommier. Bien que chasseur depuis l'enfance, il se refusa à tuer cette guêpe et, certains jours, il ne pouvait même pas se résoudre à tuer une banale mouche qui l'irritait. Qui aurait pu déclarer que ces insectes étaient moins importants qu'un écrivain luttant pour accéder à la gloire ? Il classa cette réflexion dans la rubrique *respect de la vie*, puis se sentit gêné par le côté prétentieux de l'expression. Il paya le paysan pour qu'il vienne limer les dents des porcelets afin qu'ils ne blessent pas les mamelles de leur mère en tétant. Cette attention plut à sa femme, mais il lui rétorqua que ce n'était pourtant qu'une simple routine.

Comme il ne se rendait plus au bar, il avait acheté une douzaine de mignonnettes pour son studio. Il buvait moins qu'avant, sa tolérance avait diminué en proportion, et le contenu d'une seule mignonnette lui faisait l'effet d'un coup de marteau sur le crâne. Chez le caviste, il acheta plusieurs bouteilles de brouilly, un vin rouge léger qu'il avait savouré dans les bistros lors de ses nombreux séjours parisiens. Il en commanda toute une caisse pour se récompenser d'avoir renoncé à aller au bar pour s'occuper de ses porcelets. En ville, il passa chez un ami avec une bouteille de brouilly. Son ami lui dit : « Il fait trop frais aujourd'hui. Ce rouge est parfait quand c'est la canicule. » Bien que légèrement vexé, il respecta les connaissances œnologiques de son ami. Il se demanda aussi comment il allait pouvoir s'offrir tous les jours un vin aussi cher.

De retour au studio après avoir nourri la truie, il chercha d'autres noms à donner aux porcelets, oubliant ainsi que les paysans ne baptisent jamais les animaux qu'ils devront un jour tuer. Enivré par sa bonne humeur retrouvée, il se dit que toutes les créatures terrestres allaient vivre éternellement, ce qui annonçait chez lui une crise maniaco-dépressive. Il pensa nommer le plus gros mâle Aristo, à cause de la maxime d'Aristophane, « Tourbillon est roi », car ce mâle tourbillonnait très vite quand il se battait avec les autres cochons. Le plus petit mâle, et le plus gras, il le nomma Chuck, simplement parce qu'il avait une tête de Chuck. Il baptisa l'une des femelles Shirley en souvenir du porcelet que son grand-père lui avait confié, puis il peina à trouver d'autres noms, échoua, renonça enfin. Ce n'était pas une affaire à traiter à la légère.

Il appela sa femme sur son portable, annonça qu'il était fatigué et qu'il dormirait sur le lit de camp de son studio. Raisonnable, il but un seul grand verre de vin rouge pour faire venir le sommeil. Il alluma sa veilleuse puis s'installa sur le lit de camp dans un sac de couchage vieux de vingt ans, tel un enfant dans sa couverture préférée.

À trois heures du matin, il se réveilla en sursaut et cria. Les saltimbanques avaient de nouveau envahi ses rêves. Cela faisait des années qu'il n'avait pas fait ce cauchemar. Et voilà qu'il en rêvait pour la seconde fois en quelques mois. Il paniqua. Ils chantaient à tue-tête à quelques pas de son visage et il était tétanisé. « Arrêtez ! » hurla-t-il à pleins poumons, après quoi ils refluèrent lentement vers les ténèbres. Il alluma la lumière, s'assit sur la chaise rassurante de son bureau, puis griffonna un plan de la ferme qu'il désirait acheter. Il y aurait vingt-quatre hectares de champs de maïs pour nourrir les cochons et seize hectares de prairies bien clôturées, avec un petit bosquet où ils pourraient folâtrer et où le goût de leur viande pourrait considérablement s'améliorer. Le porc fade du supermarché vient de cochons enfermés dans de grandes fermes industrielles. Son avenir se dessina très clairement sous ses yeux : il deviendrait le prince du cochon libre d'errer à sa guise. Il ne réussit pas à contrôler la crise de folie qui s'annonçait. La porte d'entrée du studio, non verrouillée, s'ouvrit brusquement. C'était sa femme, qui tenait un revolver dont elle venait d'armer le chien.

« Je me suis levée pour faire pipi et je t'ai entendu crier. J'ai pensé que tu avais besoin d'aide.

— Je suis vraiment très touché », dit-il sincèrement.

Il prit le revolver qu'elle braquait sur lui, remit doucement le chien en position basse pour qu'elle ne puisse pas le tuer par erreur.

Ils firent l'amour pour la première fois depuis presque un an. Il se rappela de nouveau comme c'était bon autrefois, tellement plus agréable que ces coucheries occasionnelles où l'on ne connaît pas le corps de sa partenaire. On ne peut pas éprouver de réelle tendresse envers une inconnue, et tout est mécanique. Comme elle voulait boire quelque chose, il trouva une petite cannette de V8 qu'il vida dans un gobelet en plastique avec un peu de glace et le contenu d'une mignonnette. Lui-même en descendit une autre directement au goulot.

« Comment peux-tu faire une chose pareille ? s'étonna-t-elle.

— J'ai beaucoup d'entraînement. »

Il alluma la lumière extérieure pour qu'elle puisse regarder les cochons. Ils tétaient leur en-cas nocturne.

« Je ne les aime pas, mais j'avoue que les petits sont mignons. Je dois partir. Je me lève à quatre heures du matin pour aller à un concours de chevaux à Whitefish.

— Achètes-en un pour moi. Je te rembourserai.

— Merci, mais j'ai déjà assez de chevaux. Quand j'étais petite, on m'a parlé d'un paysan qui était mort d'une crise cardiaque dans son enclos à cochons, et ses bêtes l'ont dévoré.

— C'est un mensonge. J'ai fait des recherches sur cette histoire que tout le monde connaît : elle est inventée de toutes pièces.

— Défends ceux que tu aimes. »

Elle l'embrassa pour lui souhaiter bonne nuit, puis partit dans l'obscurité qu'elle redoutait moins que lui. Il vivait dans un monde de monstres imaginaires.

Il fit beaucoup d'efforts pour trouver le sommeil – ce qui, on le sait, ne paie jamais –, puis il se leva, prépara du café instantané et descendit une autre mignonnette. Il désirait être conscient, mais pas trop. Il regarda le plan maladroit de sa future ferme et son esprit se mit à tourbillonner. Ras-le-bol de cette ferme qui n'existait pas !

Son obsession la plus agaçante, qui durait depuis un demi-siècle, était d'être esclave du langage. Il avait lu Keats à quatorze ans et le couperet était tombé. La poésie devint sa drogue, il perdit sa liberté. La nuit de son anniversaire, un 11 décembre, il s'en souvint, il était monté sur le toit de la maison pour regarder les étoiles et la nouvelle lune. La poésie requiert des vœux et il en fit. Beaucoup plus tard, sept ans plus tard pour être exact, son père et sa sœur moururent dans un accident de voiture. Après ce drame, ses vœux devinrent plus durs que le marbre. Si une telle horreur peut arriver à ceux qu'on aime, alors aucun autre travail n'est digne d'être entrepris. Quand il se mit à écrire aussi de la prose, il eut d'abord le sentiment de commettre un adultère, mais il découvrit bientôt qu'en écrivant un roman il créait aussi d'autres poèmes. Sa journée de travail commençait par la poésie. Pasternak dit : « Révise ton âme jusqu'à la frénésie. » Malgré toutes les compromissions de son existence, il s'y tint : même durant ses séjours à Hollywood, il se voua à la poésie. À Los Angeles, on ne se lève pas de bonne heure, de sorte qu'il était seul à se promener de bon matin. Tout près de l'hôtel où il descendait toujours, le Westwood Marquis, s'étendait le splendide jardin botanique de UCLA, qu'il aimait à la folie. Là, il retrouvait souvent un chirurgien chinois, assis, immobile, près d'un joli bassin de carpes, pour se préparer à six heures de chirurgie du cerveau. Lui-même se mettait en condition avant d'affronter une journée de réunions qui n'aideraient personne sinon ceux qui avaient besoin d'argent, lui inclus. L'ironie de la situation était qu'il touchait trois cent cinquante mille dollars pour la première mouture d'un scénario et un certain nombre de versions corrigées. Assez d'argent à l'époque pour acheter la petite ferme de ses rêves.

C'était beaucoup pour une chose qu'il pouvait écrire en un mois. Il savait que la source se tarirait s'il écrivait trop vite et un peu maladroitement, mais c'était marrant de gagner autant d'argent en aussi peu de temps, alors qu'adolescent il avait fait de nombreux petits boulots rapportant entre soixante cents et un dollar de l'heure, un salaire de misère qui, des années plus tard, le mettait toujours en rogne. Quand on décharge un camion d'engrais dans une cabane irrespirable pour quatre-vingts cents de l'heure, on s'en souvient. Il travaillait seul. Il y avait quatre tonnes d'engrais en sacs et même son pantalon avait fini trempé de sueur. Une fois le travail achevé, il avait bu un litre d'eau fraîche et s'était évanoui. Il se disait maintenant que c'était peut-être bon pour son écriture. Il avait connu une autre réalité. Il se rendormit.

La première fois qu'ils avaient quitté la ville, sa femme lui avait reproché de pisser dehors. « Les paysans pissent toujours dehors », lui répondit-il. Il avait habité la ferme de son grand-père dans sa jeunesse, durant les dernières années de la Dépression, quand son père ne trouvait pas de travail. « Je croyais que tu étais écrivain », lui rétorqua-t-elle, assez méchamment selon lui.

Quelques jours plus tard, il se réveilla à l'aube. Le soleil brillait derrière la fenêtre du studio. Il alluma sa petite bouilloire électrique et se prépara du café instantané. C'était infect, mais pas autant qu'autrefois. Certaines choses s'amélioraient malgré tout. Il sortit, pissa, puis s'inclina sur la tombe d'Alice.

Il était tout excité, car c'était la première fois qu'il allait tenter d'emmener un porcelet en balade, un matin. Il n'avait aucune idée de ce qui se passerait ; pour se prémunir d'une éventuelle déception, il se dit que c'étaient simplement des bébés.

Il se pencha au-dessus de la clôture et s'empara de Walter, un mâle de taille moyenne, qui semblait toujours un peu bêta et lent. Walter fit une dizaine de pas hors de l'enclos, puis se retourna pour regarder sa mère qui l'observait en poussant des petits cris à fendre l'âme. Ça ne marcherait pas avec Walter. C'était encore un bébé dans les jupes de sa maman. Ensuite, le poète considéra Shirley, qu'il prenait pour la reine de la portée. Elle était vive, indépendante, un peu sauvage et féroce. Elle repoussait les autres dans un coin pour pouvoir faire la sieste tranquillement. Parfois elle les mordait pour les punir. Toujours agressive et dominatrice, elle enquiquinait ses frères et sœurs pour le seul plaisir de les faire glapir et s'octroyait toujours la meilleure mamelle. Il remit un Walter tout mou dans l'enclos et, histoire de le consoler, Darling lui donna des coups de groin affectueux. Il prit alors Shirley, qui semblait vouloir se faire remarquer afin qu'il s'occupe d'elle. Dès l'instant où il la déposa à terre, elle partit en courant, telle une diablesse fuyant les flammes de l'enfer. Elle fila droit vers un rocher situé dans un fourré à l'angle opposé de la prairie, comme si elle reluquait cet endroit depuis une éternité. Il trottina derrière elle, trébucha sur une pierre et tomba, le souffle coupé. Son épouse l'observait depuis le jardin fleuri.

« Ça va ? cria-t-elle.

— Non, va chercher Mary.

— Qu'y a-t-il ?

— Amène Mary. Shirley s'est fait la malle. »

Assis sur le cul, il toussait et crachait ses poumons encombrés des cent dernières cigarettes qu'il avait fumées. Mary était une épagneule cocker anglais, noire et bien dressée, capable d'aller chercher un cheval pour sa maîtresse quand elle avait envie de le monter. Chaque fois que Mary s'approchait de l'enclos et se mettait à grogner, tous les petits cochons reculaient sauf Shirley, qui restait nez à nez avec elle contre la clôture sans se laisser impressionner par les grognements canins, comme si elle s'apprêtait à mettre la chienne en pièces.

Lorsque sa femme arriva avec Mary, il était toujours assis par terre, et essayait de retrouver son souffle. Il n'avait plus l'habitude de se déplacer rapidement. Quand d'autres hommes couraient, il marchait en se convainquant que deux heures de promenade quotidienne étaient aussi bénéfiques pour l'organisme qu'un bref jogging épuisant.

Mary repéra Shirley, enfouie dans les buissons proches du rocher, et parut comprendre la nature de sa mission. Elle fondit à toute vitesse sur son objectif, l'épouse du poète se hâtant dans le sillage de la chienne. Sa femme courait fort bien, elle s'entraînait tous les matins. Shirley pivota pour faire face à l'animal aboyeur qui arrivait. En un clin d'œil, ils constituèrent une boule de poils, de peau rose rebondie et de muscles. Sa femme saisit le collier de Mary et Shirley détala vers l'angle opposé de la prairie. Mary se dégagea et entama la poursuite. Mary courait entre la clôture et Shirley, au ras du sol, tâchant de la ramener vers l'enclos. Il devina que Shirley, guère habituée à cavaler de la sorte, allait se fatiguer. Shirley s'arrêta alors brusquement et s'assit. Mary, la langue pendante, en fit autant à environ cinq mètres. Sa femme et lui arrivèrent sur les lieux presque en même temps.

« Mon pauvre bébé saigne ! » Un peu de sang coulait de l'oreille de Mary.

« On peut pas dire qu'elles se sont fait des mamours.

— T'es vraiment con quand tu t'y mets. »

Il lui adressa un baiser puis se pencha pour saisir Shirley, qu'il installa sur le dos entre ses bras, une position qui rend n'importe quel petit cochon doux comme un agneau. Il la porta jusqu'à l'enclos tout proche, s'inclina vers l'intérieur et l'y déposa en douceur. Aussitôt, elle se remit à fusiller du regard Mary, qui s'était approchée de la clôture et grondait.

Une semaine plus tard, il se désintéressait toujours de son œuvre au profit des porcelets, même s'ils n'avaient apparemment aucun besoin de lui en dehors de la nourriture qu'il leur donnait. Ces animaux manifestaient une grande excitation à l'heure des repas. Il y eut un épisode absurde, le jour où leur réservoir d'eau déborda alors qu'il était au téléphone avec un éditeur new-yorkais. À son retour, il découvrit l'enclos transformé en marigot, un spectacle qui n'était pas beau à voir. Il prit une bassine dans la cabane à outils proche de la maison et la remplit d'eau chaude savonneuse. Les porcelets se montrèrent assez coopératifs quand il les lava, sauf Aristo et Walter, lequel, subissant l'influence néfaste de son acolyte, manifesta quelque agitation. Il gratta la boue sur la peau d'Aristo qui commença par feindre l'obéissance avant de bondir soudain hors de la bassine et de prendre ses jambes à son cou. Quand il plongea pour attraper Aristo, Walter sauta à son tour et se lança à la poursuite de son mentor. Il hurla pour attirer l'attention de sa femme qui plantait ses premières laitues et ses petits pois dans son potager. «Amène Mary!» cria-t-il alors. Elle arriva à pas lents et Mary repéra aussitôt les porcelets qui essayaient de se cacher dans les fourrés proches du gros rocher. Cette fois, il n'y eut aucune violence mais dans l'enclos, Shirley, très excitée, sautait comme un cabri. Mary ramena avec savoir-faire

Aristo et Walter jusqu'à l'enclos. Ils étaient impeccablement propres et séchés par le grand air.

« Ils vont de nouveau se vautrer dans la boue », avertit sa femme.

Ce qu'ils firent avec une délectation évidente. Tous ses efforts avaient été vains.

« J'ai mis dans l'eau du bain un médicament qui les prémunit contre l'irritation cutanée, une maladie pernicieuse, parfois mortelle. » Il mentait.

Elle s'en douta, mais entra dans son jeu. « Je ne compte pas manger du cochon sale. Je les préfère propres.

— Les cochons ont le droit de se couvrir de boue. C'est leur principal plaisir. » Il se demanda pourquoi il prenait la peine de discuter avec elle alors qu'il venait de passer l'après-midi à nettoyer ses porcelets.

« Comment le sais-tu ? Ils préfèrent peut-être le sexe.

— Contrairement à nous, ils ne pensent pas au sexe à l'avance. Ils se contentent de passer à l'acte, déclara-t-il avec un aplomb un peu excessif.

— Te voilà maintenant psychiatre pour cochons ? » dit-elle d'un ton cinglant.

Elle repartit vers son potager.

Avec un bel enthousiasme, Walter et Aristo retrouvèrent leur nid répugnant, les yeux clignant de bonheur sous leur front boueux. Il saisit Marjorie, à peu près propre grâce à la paille, encore sèche, qui restait dans un coin. De tous les porcelets, c'est celle qui aimait le plus qu'on la touche. Quand il la prit dans ses bras, elle se colla contre lui comme s'ils étaient amants. Il la baigna délicatement puis remit un peu de paille fraîche dans son coin de l'enclos. Elle se pelotonna de plaisir en se séchant. Elle battait des cils en le regardant et il ne pouvait s'empêcher de lui adresser des clins d'œil. Il lui fit faire une petite promenade et lui gratta le ventre.

Plus tard, il s'installa à son bureau en mourant d'envie d'écrire un poème sur les porcelets, mais pas un poème comique. Ce serait un poème intimiste, qu'il garderait secret, car il suffisait de prononcer le mot « cochon » pour que certaines personnes souffrant d'un incompréhensible complexe de supériorité se mettent à pouffer de rire. Le cochon était non seulement comestible, mais aussi méprisable. Il bouillonnait d'indignation lorsqu'il s'agissait de défendre les cochons. Les rejetons de la race humaine chient dans leurs couches au moins pendant toute la première année. Mais qui donc se moque de ses semblables ? Comment écrire un poème motivé par la rage ? Selon les historiens, le cochon constitua la vraie raison de la ruée vers l'Ouest. Sans cochon, il n'y aurait pas eu de côte Ouest. Les cochons suivaient les convois de chariots, l'esprit obnubilé par la poignée de maïs qu'on leur donnerait en guise de dîner. Ils fouillaient le sol à la recherche de légumes comestibles pendant que le bétail s'éloignait en rêvant à de plus vertes prairies.

Son poème porcin connut un certain nombre de faux départs et, finalement, il se sentit tellement épuisé qu'il prit sa voiture pour rejoindre la ville et le saloon. La poésie a parfois ce genre d'effet. Soit on se retrouve au septième ciel, soit on barbote en pleine dépression. On pond un premier vers formidable, mais la pensée n'est pas assez puissante pour en enchaîner d'autres et, au beau milieu de la création, les mots s'ennuient et se font la guerre. Nos carnets sont remplis de ces fragments, le shrapnel de nos intentions. La vie est pingre en conclusions, voilà pourquoi on se bat souvent pour achever un poème. Certains sont perdus à jamais. On se promène parfois en ruminant plusieurs versions d'un même texte qui n'aboutissent à rien. On est l'esclave de cette langue du chaos qui nous fait cogiter des jours et des semaines entières. Quand le poème finit par fonctionner, on nage dans le bonheur et on oublie les difficultés passées, tout comme on oublie très vite ses souffrances. Les comportements extrêmes constatés chez les poètes s'expliquent sûrement par ces tensions. Quand l'esprit passe autant de temps dans la fièvre, il crée certains dérangements qui, depuis longtemps, sont à l'origine de nombreuses blagues chez les universitaires.

Durant ses sombres épisodes de dépression quasi clinique, il se demandait pourquoi il avait choisi cette vocation. À quatorze ans, quand Keats l'obsédait, la vie de poète lui semblait nimbée de gloire, malgré les mauvaises critiques qu'avait reçues ce dernier durant sa brève existence. Et Lord Byron eut une carrière enviable, faite d'aventures et de femmes, de voyages et de femmes, de poésie et de femmes. Et puis il y eut sa colère magnifique quand l'Église d'Angleterre lui refusa de reposer sous terre avec son chien. Si le saltimbanque ne pouvait être enterré avec son chien, alors il refuserait qu'on l'enterre. Plutôt installer son cadavre dans un arbre pour que le vent le dessèche. Et qu'on verse du bon vin pour abreuver les racines assoiffées de cet arbre. En comparaison de celle des hommes, la noblesse des chiens saute aux yeux. Il avait l'intention d'écrire une novella intitulée « Les Chiens de Jésus ». Peut-être y entendrait-on la voix du chien qui l'accompagna quarante jours dans le désert ?

Ralph, un autre amateur de bons vins habitant les environs, partageait un jour avec lui une bouteille de châteauneuf-du-pape en expliquant avec éloquence que les écrivains inventaient leur vie grâce au langage, puis étaient obligés de la vivre. Cette vie était absurdement autonome. Cette injonction trop facile suscita sa colère et il répondit du tac au tac : « Comment le sais-tu ? » Ralph le savait et il répondit que dans sa jeunesse il avait publié deux romans et un recueil de poèmes avant de jeter l'éponge, écœuré par sa propre vie. Cette explication semblait invraisemblable, mais Ralph reconnut qu'il aurait dû tenir bon, car les écrivains ont toujours le goût de la surprise. Leur tâche consistait à découvrir ce qu'ils allaient écrire ensuite. Le père de Ralph, un connard de cadre supérieur qui magouillait dans le monde des affaires, refusa de financer la carrière d'écrivain de son rejeton, mais l'argent continuerait d'affluer si le fiston acceptait de faire un doctorat ce qui, à l'époque, lui aurait assuré un emploi stable. Ayant grandi durant la Dépression, son père était obsédé par l'argent. Ainsi, Ralph entreprit un doctorat qui le condamna à des années de semi-indolence. Il étudia la littérature médiévale européenne pour laquelle il n'éprouvait aucune passion réelle. Cet éloignement avec sa vie émotionnelle aurait dû lui sauver la mise, sauf que ce ne fut pas le cas. Il fut bientôt fasciné par les jongleurs, ces poètes ménestrels français du Moyen Âge qui travaillaient en dehors de l'Église et devinrent le symbole ultime de la liberté dans une société autoritaire. À leur manière, c'étaient des vagabonds qui donnaient libre cours à leurs lubies avec toute l'astuce et la ruse des sorciers indiens. Ralph passa des années à Montpellier, apprit la langue difficile des poètes, vécut à deux pas de l'université où le grand Rabelais avait étudié au seizième siècle. Dans les années cinquante, il tomba amoureux du sud de la France où tant de traces de la guerre étaient encore visibles. Les gens étaient heureux d'être simplement vivants. Ses professeurs, un groupe remuant et joyeux d'anciens officiers, lui laissaient les coudées franches. Quand les gens meurent par millions autour de vous, plus personne n'en a rien à foutre de rien. Ralph devint lui-même un jongleur à part entière, un saltimbanque et un baladin. Il eut la bonne idée d'épouser une jeune Française, mais elle mourut en mettant au monde une petite fille. À l'immense déception des parents de feu son épouse, il éleva sa fille dans la campagne de la Caroline du Nord. Ils entreprirent contre lui des démarches juridiques pour rapatrier la fillette, en vain. Ils décidèrent alors d'aller chaque année en Amérique pour rendre visite à leur unique petit enfant. De son imbuvable père, Ralph hérita d'un joli magot. Il prit l'habitude d'emmener sa belle-famille en vacances dans une station balnéaire, après avoir entrepris quelques recherches pour s'assurer que la cuisine y était correcte. Le vieux couple français s'enticha d'un ranch pour touristes proche de Livingston, dans le Montana, et voilà comment Ralph atterrit là-bas. Une année, il se trompa dans les dates de réservation des vols. Ils arrivèrent en décembre, et rejoignirent un autre ranch pour touristes proche de Patagonia, en Arizona, où l'hiver était ensoleillé et passablement chaud.

Aux premiers temps de sa passion porcine, le vin et la compagnie de ses voisins lui avaient manqué.

Chapitre 3

Assis devant le studio dans son fauteuil pourri en plastique blanc, il contemplait comme souvent le potager et le jardin fleuri de sa femme. Elle avait mélangé les deux. C'était un simple carré de légumes, mais les fleurs variées qu'elle y cultivait le rendaient ravissant.

Il devait maintenant affronter d'immenses problèmes. C'était le mois de mai et les porcelets pesaient plus de vingt kilos chacun. Zack vint l'aider à agrandir l'enclos. Aucun porcelet ne manifestait la moindre joie en les voyant arriver, sauf quand ils apportaient à manger. Aux abois, il dit à Zack : « Je fais quoi maintenant ? » Et Zack répondit : « À la fin du semestre universitaire, il y a plein de fêtes prévues. Vends-les pour les rôtir à la broche. » Il proposa le marché suivant à son ami : pour chaque cochon vendu, celui-ci toucherait la moitié du prix. Il décida de garder Marjorie et, bien sûr, la vieille truie dont personne ne voudrait. Le lendemain, il découvrit la pub passée par Zack dans le journal de l'université. Elle commençait par : « Le meilleur porc que vous n'ayez jamais goûté. La taille idéale pour le barbecue. » Deux jours plus tard, Zack arriva au volant de son pick-up dont le plateau était recouvert d'une capote rigide. Massif et musclé par son enfance passée à la ferme, il chargea sans problème tous les porcelets sauf Shirley, qu'il dut étrangler à demi pour la faire monter dans sa voiture. Elle lui mordit la main jusqu'au sang. « Je les ai tous vendus, sauf un. Je le ferai rôtir pour moi. Je t'inviterai », dit-il. « Non merci », marmonna le poète avec une grosse boule dans la gorge. Comment pourrait-il manger la viande d'un de ses animaux de compagnie ? Il n'était vraiment pas fait pour devenir paysan.

Maintenant qu'il avait élevé des cochons, le seul fantasme majeur de sa jeunesse qui lui restait, c'était de vivre en France. Entre treize et dix-huit ans, il avait économisé jusqu'au moindre cent pour y partir, mille trois cents dollars au total. Un ophtalmologue véreux se prétendit capable de redonner la vue à son œil gauche aveugle. Ses parents n'avaient aucune assurance pour couvrir les frais consécutifs à sa blessure et pas d'argent de côté, son père touchant un modeste salaire et ayant cinq enfants à charge. Retrouver la vision de son œil gauche lui parut plus tentant qu'un voyage en France. Ainsi, quand le chirurgien lui demanda de combien d'argent il disposait, il répondit bêtement mille trois cents dollars. Le chirurgien se déclara prêt à pratiquer l'opération à ce tarif préférentiel et à fournir une lentille de contact qui contribuerait ensuite à son succès. Ce fut un échec cuisant, et la lentille se révéla à la fois inefficace et douloureuse. Il la jeta dans le marais situé derrière la maison. Il était voué à contempler pour toujours un dense banc de brume et fut inconsolable quand il découvrit qu'en gardant la paupière gauche grande ouverte il ne discernait rien sinon une vague lueur dans le ciel. Il avait dépensé pour rien toutes les économies de son futur voyage en France. Plus tard, un autre ophtalmologue qualifierait ce chirurgien de « criminel ».

Sans surprise, il sombra dans la dépression. Sa petite amie le plaqua, car elle voulait se marier juste après la fin du lycée. Il adorait les joutes verbales, mais ne put la convaincre de coucher avec lui avant le mariage. La perte de cette fille et son projet avorté de voyage en France prolongèrent la dépression. Lors de sa dernière année de lycée, il voyagea en train depuis le Michigan jusqu'à New York, s'arrêta à Niagara Falls et, sur un très haut pont enjambant une rivière, il envisagea sérieusement et pour la première fois de se suicider. Ce qui le retint, ce fut de penser à ses parents et à ses frères et sœurs, qui apparemment l'aimaient autant qu'il les aimait et à qui il ne voulait pas faire de peine.

Le Vieux Saltimbanque

Ces pensées obscures ne le quittèrent jamais tout à fait, mais il découvrit un léger hiatus en constatant que ses réflexions poétiques sur la mort étaient souvent troublées par l'évidence cruelle de la faim. Peut-être devait-il manger quelque chose avant de se suicider. Il avait toujours fait en sorte d'occulter cette idée, y pensant seulement et de manière inévitable quand il faisait son cauchemar des saltimbanques. Le seul avantage de ces cauchemars, c'était que la violente haine qu'ils provoquaient chez lui dissipait ses pulsions suicidaires. L'autre conséquence à long terme de ces visions terrifiantes fut bien sûr qu'il cessa de faire des lectures de poésie. Contrairement à tant d'autres, il ne voyait aucun lien entre la performance et la poésie. Certains poètes semblaient trouver cette activité parfaitement naturelle : devant un public, leurs sombres traits d'esprit les faisaient sourire et pouffer. Il pensait depuis toujours qu'un autochtone américain aurait dû flanquer une balle dans la tête de Robert Frost à cause du répugnant mensonge contenu dans le vers : « La terre était à nous avant que nous ne lui appartenions. » Quel scandale c'eût été, le vieux chnoque chouchou de l'Amérique trouvant la mort lors d'une bataille poétique !

Chapitre 4

Élever des cochons lui avait donné le courage d'envisager un long voyage en France. Il y était déjà allé plusieurs fois, mais toujours pour des séjours promotionnels organisés par son éditeur français, Christian Bourgois. Ces journées étaient bourrées jusqu'à la gueule d'entretiens avec des journalistes et de signatures en librairie, sans beaucoup de temps pour ces vagabondages qu'il aimait tant. Il se dit assez vite que cela ressemblait exactement aux tournées de promotion américaines mais là-bas, les repas étaient mémorables et Paris, une ville infiniment plus fascinante que n'importe quelle métropole américaine. Pour des raisons qui lui échappaient entièrement, les Français s'étaient entichés de ses œuvres et les ventes de ses livres dans ce beau pays dépassèrent bientôt celles de ses livres aux États-Unis, lesquelles n'avaient jamais été formidables. Dans son pays, il avait toujours eu droit à des critiques nombreuses et élogieuses, mais ce bel accueil ne s'était jamais concrétisé en espèces sonnantes et trébuchantes. Que les éditeurs de livres, comme les maisons de production de cinéma, ne connaissent jamais les ventes à l'avance, l'avait toujours réjoui.

Il désirait errer sans but en France. Un mois lui suffirait peut-être ; mais s'il le souhaitait, il resterait plus longtemps. Il voulait aller à Toulouse manger autant de cassoulet qu'il le pourrait, ce qui ferait beaucoup de viande et de haricots, et puis à Marseille et à Arles qu'il avait découvertes en lisant des biographies de Van Gogh et de Gauguin. Les deux artistes avaient vécu ensemble, mais cette expérience s'était soldée par un échec car Van Gogh était beaucoup plus instable que Gauguin. Il se trancha l'oreille, ce qui poussa certains biographes émus à déclarer qu'il l'avait fait par amour, hypothèse, en soi, incompréhensible. Personne ne va se couper le nez par amour.

En préparant son bref séjour à Paris, il se souvint surtout des déjeuners, des dîners et des siestes. Par habitude il se levait de bonne heure, à cause du décalage horaire, puis il marchait environ une heure jusqu'à l'ouverture d'un café où il commandait une omelette aux lardons, après quoi il se reposait avant de se promener une heure de plus pour stimuler son appétit en vue du déjeuner. Suivaient une longue sieste, une autre bonne marche, puis deux ou trois verres de vin rouge. Les alcools forts étaient trop chers. Un après-midi, pris d'une faim soudaine, il avait fait halte au Ritz pour déguster un morceau de foie gras à cinquante dollars et deux verres de bourgogne à quarante dollars pièce. Exactement ce dont il avait besoin après avoir traversé la Seine pour rejoindre les Tuileries. L'addition s'élevait à cent trente dollars, auxquels il ajouta vingt dollars de pourboire. Tout en retraversant le fleuve à pied, il réfléchit et aboutit une fois encore à cette conclusion qu'il ne comprenait pas grand-chose à l'argent. Au début des années quatre-vingt-dix, il avait passé plusieurs jours au Ritz. C'était l'anniversaire du *Nouvel Observateur,* qui payait tous les frais. Allen Ginsberg, qui faisait lui aussi partie des invités, lui téléphona un matin pour se plaindre que le room service proposait au petit déjeuner deux œufs pour quarante dollars. Il répondit à Allen que c'était aux frais de la princesse, et l'autre lui rétorqua : « J'aime pas cette idée. » « Moi non plus. Chez moi, les œufs de ferme se vendaient deux dollars la douzaine. Pour ce prix-là, je pouvais m'en offrir vingt douzaines. » Ils s'étaient contentés de manger les œufs de l'hôtel en ayant une pensée pour les pauvres.

Il avait grandi dans un milieu assez modeste, mais les parents de sa femme vivaient dans l'aisance, sinon dans l'opulence. Néanmoins, sa femme surveillait de près leur budget. Elle déclara qu'elle tenait à « rester à l'écart » du pactole de son mari quand l'argent de Hollywood se mit à affluer. Elle poursuivit son modeste train de vie, même quand il dépensa quinze mille dollars pour acheter un cheval qu'elle convoitait parce qu'il lui rappelait *Black Beauty* (Prince Noir). Il ne s'intéressait pas particulièrement aux chevaux mais celui-ci lui semblait splendide et il les suivait, le chien et lui, quand ils entraient dans la prairie. Maintenant, il se promenait souvent avec Marjorie, le seul porcelet restant. Elle avançait lentement car elle reniflait tout, comme un chien de chasse. Un jour, Marjorie leva une couvée de perdreaux et il se dit avec plaisir qu'elle allait accomplir le travail d'un chien de chasse.

Sa femme le mettait souvent en garde contre sa prodigalité : sa prospérité nouvelle ne durerait pas éternellement et il devait mettre davantage d'argent de côté. Il ne l'écouta pas. En fait, ses dépenses inconsidérées compromettaient son fragile équilibre sans déclencher la moindre sonnette d'alarme. Du point de vue financier, il était manifestement crétin. Il dépensa des sommes faramineuses pour modifier du tout au tout la décoration de leur maison, fréquenter les meilleurs restaurants de New York et Los Angeles, acheter des voitures neuves, descendre dans des hôtels de luxe, voyager vers des destinations insensées, pêcher au Mexique et au Costa Rica. Quand il sortit la tête des nuages, il s'aperçut qu'il avait prêté plus de deux cent cinquante mille dollars et en avait seulement récupéré deux mille des Indiens. Cette découverte servit uniquement à lui faire comprendre qu'il était plus idiot qu'il ne le pensait.

Mais la principale déconvenue survint quand il constata qu'il négligeait son vrai travail, les poèmes et les romans, pour gagner davantage d'argent avec les scénarios. Cela ne se produisit que deux fois après qu'il eut renoncé à enseigner, et il s'était aussitôt remis à écrire dix heures par jour, sept jours par semaine. Il s'épuisa rapidement et la seule chose qui le sauva fut d'emmener son chien de chasse et quelques provisions dans un chalet relativement isolé qu'il avait acheté grâce à son pactole, à proximité du petit port de Grand Marais dans la Péninsule Nord du Michigan. Ce chalet le ramenait à sa jeunesse, quand il avait sept ans et que son père, aidé par deux de ses oncles, en avait construit un au bord d'un lac en utilisant du bois de récupération. Un merveilleux chalet situé à une trentaine de kilomètres seulement de Reed City où son père travaillait comme agent agricole du comté. Sa famille y passait tout l'été. Il allait parfois travailler avec son père pour gagner un peu d'argent en désherbant les jardins, tondant les pelouses et lavant les voitures. Les jours fastes, il se faisait deux ou trois dollars d'argent de poche. De retour à la maison, il nageait, dînait, puis passait la soirée à taquiner la perche. Les jours où il ne bossait pas en ville, il attrapait une kyrielle de crapets que sa famille adorait manger. Voilà comment naquit lentement sa passion pour la pêche à la mouche. Ce ne sont pas simplement les poissons qui atterrissent dans votre paume qui important, mais aussi la délicatesse et la grâce avec lesquelles on les attrape. Pas de gros hameçons qui blessent le poisson, mais de minuscules mouches attachées à de minuscules hameçons.

Il se demanda s'il existait une formation express sur les problèmes financiers. Il n'avait plus le moindre souvenir des cours d'économie qu'il avait suivis à l'université. Il se rappelait seulement que, d'après ce cours, l'argent réel, palpable, semblait abstrait. Il se trompait. Cet argent était soit dans votre poche, soit ailleurs. Des années plus tôt, quand il commença à très bien gagner sa vie, il fit appel à des comptables et des avocats locaux pour l'aider à régler ses affaires, y compris les impôts. Ces hommes très intelligents admiraient infiniment son talent pour gagner de l'argent. C'était comique. Il se rendait souvent à Los Angeles et New York pour travailler sur des scénarios et descendait dans des hôtels huppés. Le matin, l'attendaient toujours devant sa porte les plus récents exemplaires du *New York Times* et du *Wall Street Journal*. Ce dernier était nouveau pour lui et aurait tout aussi bien pu être écrit en latin. Il s'obstina à le déchiffrer et il apprit par cœur assez de charabia financier pour que les comptables de sa ville en concluent qu'il était un as de la finance, sans comprendre que ses pseudo-connaissances en la matière étaient de la poudre aux yeux, ni remarquer que son bilan annuel prouvait qu'il était coupable de malversations. Par exemple, il ne remplit pas de feuille d'impôt durant toute une décennie et, quand l'inspection lui tomba dessus, il dut payer plusieurs milliers de dollars d'amendes. Il décida de faire contre mauvaise fortune bon cœur. Il avait désormais les moyens de s'offrir toute la cocaïne et la gnôle de luxe disponibles sur le marché, une combinaison sans égale pour sombrer dans la dépression. Ces dépressions étaient absolument horribles et le seul moyen de les affronter consistait à écrire de la poésie et à tenter de les soigner en se promenant sur les sentiers déserts de la Péninsule Nord du Michigan. Il pouvait marcher des jours et des jours sans rencontrer âme qui vive avant de retourner à Grand Marais et au saloon. Ses chiens de chasse, Sand, Tess et Rose adoraient ces balades, tout comme lui, malgré l'épuisement physique qui en résultait.

Par une très chaude journée de juillet, il se leva à l'aube pour profiter d'une fraîcheur qui n'était déjà plus là. Il se jura d'installer un climatiseur dans son studio. Il venait de vivre dans ses rêves quelques minutes avec les saltimbanques et avait un mauvais pressentiment. Il sortit pour nourrir Darling et Marjorie, mais découvrit Darling morte et Marjorie très malade. Sa femme prenait son café matinal en robe de chambre sur la véranda. Quand il poussa un grand cri, elle s'inquiéta et arriva avec Mary.

« Appelle l'agent du comté. Darling est morte et Marjorie a un sabot dans la tombe ! »

Elle retourna en courant vers la maison pendant que Mary entrait dans l'enclos, reniflait puis s'écartait de Darling avant de lécher les oreilles de Marjorie. Depuis peu, elles étaient de merveilleuses camarades de jeu. Les yeux de Marjorie papillonnèrent et il constata soulagé qu'elle n'était pas morte. Bien sûr il pleura, car la mère de tous ces bienfaits avait basculé dans l'autre monde.

Winfield, l'agent du comté, arriva une heure après. Il le connaissait assez bien et, au début, il se trompa sur sa nature bougonne et laconique, malgré l'étincelle toujours présente dans son regard. Il demanda à voir l'aliment en grains, qu'il fit tourner au creux de sa paume en l'examinant avec soin.

« Des mycotoxines, un grain fortement moisi. C'est mon cinquième cas mortel. J'ai demandé aux responsables du silo d'avertir leurs clients au plus vite. Sans doute qu'ils vous ont oubliés.

— Pourquoi Marjorie n'est-elle pas morte ?

— J'en sais rien. Peut-être qu'elle n'en a pas beaucoup mangé, sinon elle aussi aurait passé l'arme à gauche. »

Cela fit tilt dans sa tête et il dit que lors de leurs promenades matinales, Marjorie fouissait souvent la terre dans une vieille partie abandonnée du jardin. Récemment, elle avait démoli toute une rangée de navets et plusieurs rutabagas, et maintenant elle s'attaquait aux racines de raifort. Il ajouta qu'il avait tenté de l'en empêcher, convaincu que le raifort serait beaucoup trop corsé pour elle.

« Les cochons n'en ont rien à foutre, répondit Winfield. Vous pourriez étaler tout un pot de raifort sur une tranche de jambon de leur mère qu'ils le boufferaient. »

Il était en transe quand Winfield s'agenouilla et examina de près Marjorie. « Elle est malade, mais elle va s'en sortir. Donnez-lui deux litres de lait. »

Mary gronda en regardant Winfield comme s'il risquait de faire du mal à Marjorie.

« Elles sont amoureuses », expliqua-t-il, vaguement gêné par le comportement de Mary.

« Je connais un vieux taureau qui s'est lié d'amitié avec un chat de gouttière. Ils passent toute la journée ensemble. Le chat dort sur le dos du taureau et parfois se laisse promener. Il suffit de s'approcher du taureau ou de son copain le chat pour se faire botter le cul. »

Il appela Zack, qui arriva avec sa grosse pelleteuse pour enterrer Darling tout près de sa fille Alice. Son cœur se serra quand Zack amena la truie au bord du trou et qu'elle atterrit au fond avec un bruit sourd. Zack, qui possédait quelques vaches laitières, apporta aussi deux litres de lait pour Marjorie. Elle en but la quasi-totalité en un clin d'œil, laissant le reste pour Mary. Il regarda avec émotion ces deux amoureuses boire ensemble, joue contre joue.

Le Vieux Saltimbanque

Zack avait une flasque de whisky dans son manteau et ils s'assirent sur les marches du studio pour regarder la nouvelle tombe en buvant directement au goulot. Le whisky bon marché les fit tousser mais, pour certains, la gnôle bas de gamme est un vrai plaisir. Son vieil ami finnois de la Péninsule Nord aurait dit que faire des mélanges était une perte de temps.

Chapitre 5

Garder son souffle dans une course de fond est aussi difficile que de faire durer un mariage. Les élans passionnés de l'amour naissant battent de l'aile et s'affadissent trop vite. Ils avaient traversé une sale passe quand il enseignait à Stony Brook, sur Long Island. Sa femme n'aimait pas cet endroit et regrettait l'absence des deux chevaux qu'elle avait mis en pension dans le Michigan. Elle faisait un rêve à répétition où des moutons brûlaient vifs dans des wagons à bestiaux. Ils croyaient aussi qu'en cas d'attaque nucléaire ils se retrouveraient piégés à Long Island. C'était l'apogée de la guerre froide et Long Island contribuait à exacerber sa claustrophobie, un mal dont il souffrait depuis l'enfance. Les propositions de scénarios étaient rares, mais il eut alors la chance de recevoir une généreuse bourse du National Endowment for the Arts pour une année. Quand ils eurent dépensé jusqu'au dernier sou de cette manne à Key West, ils rentrèrent chez eux et trouvèrent à la poste une lettre disant qu'il venait de décrocher une bourse du Guggenheim. Il avait reçu une promotion à Stony Brook, mais sa femme ne voulait pas retourner à Long Island, une île beaucoup trop peuplée à son goût. Par ailleurs, il était las d'être un poète universitaire répondant au cliché du poivrot amateur de jeunes femmes. Il faisait bien son boulot, mais avait de plus en plus l'impression d'être l'ombre de lui-même.

Ils s'installèrent donc dans leur petite ferme du Nord-Michigan grâce à un ami qui leur avait prêté de quoi rembourser la banque. Cette ferme coûtait dix-neuf mille dollars et les paiements mensuels étaient de quatre-vingt-dix-neuf dollars seulement. Pourtant, ils avaient du mal à joindre les deux bouts. À cette époque, il n'avait touché que cinq mille dollars pour un roman qui ne se vendait pas. Il rédigea des articles sur le sport et la vie au grand air pour *Sports Illustrated* et quelques autres magazines. Il n'arrivait même pas à trouver assez d'argent pour se payer un verre. Mois après mois, ils tiraient le diable par la queue et vivaient dans des conditions proches de la misère. Il lui fallut reprendre l'enseignement, mais son objectif était de s'en débarrasser au plus vite et, si possible, définitivement. Les points positifs étaient qu'il bénéficiait d'un joli jardin et d'une vaste grange toute proche. Il adorait cette grange qui lui rappelait sa jeunesse, pourtant pas vraiment idyllique. Ils firent venir trois énormes chevaux de trait et deux chevaux de course pour avoir quelques revenus annexes. L'un des chevaux de trait était le plus gros du Middle West, une jument nommée Sally qui pesait mille trois cents kilos. De la fenêtre de la cuisine quand elle était dans la prairie du fond, on aurait dit une peinture monumentale. Il se mit à porter des salopettes comme un authentique paysan. Par la suite, ils surnommèrent cette période de vaches maigres « les années macaroni ».

Quand il renonça à s'amuser avec les cochons et se mit à écrire, il échafauda une théorie, guère partageable à ce stade, qu'il appela « l'aperçu ». Ce terme n'était pas tout à fait exact, mais pour l'instant il ne trouvait pas mieux. En deux mots, la réalité pouvait s'ouvrir et révéler son essence comme un morceau de linoléum qu'on plie jusqu'à ce qu'il casse, et qu'on découvre la fibre noire sous-jacente. Lorsque, debout sur le pont de Niagara Falls, il avait failli se suicider, il avait aperçu cette essence. Ou en tenant le petit corps d'Alice avant son enterrement. Dans les deux cas, il avait entrevu de manière poignante la fibre noire de l'existence. La mort éveille l'attention. Il ressentit un peu la même chose en roulant à deux cent vingt kilomètres heure sur l'autoroute dans la Ferrari d'un ami. Néanmoins, cette dernière expérience ne correspondait pas tout à fait à sa définition. C'était trop stupide et artificiel. Un jour où il était assis dans un bar de Key West, deux Cubains en colère brandirent des pistolets. Il se laissa tomber à genoux en silence, traversa la cuisine en rampant et sortit par la porte de derrière où il se cacha dans une haie pour fumer cigarette sur cigarette pendant une demi-heure. Il se rappellerait toujours les paroles du barman quand il retourna dans la salle : « Ramon était furieux. Il a dit qu'il le tuerait et, bon Dieu, je parie qu'il va le faire. »

Son père avait des cousins éloignés mennonites qu'il aimait bien. Ils s'arrêtaient parfois en famille pour leur rendre visite lorsqu'ils partaient en voiture vers le sud du Michigan. Cette communauté mennonite habitait de grandes fermes proches d'Ithaca. Ces gens qui ne buvaient pas d'alcool, ne fumaient pas, ne dansaient pas, n'écoutaient pas la radio ni ne regardaient la télévision, le fascinaient. Ils ne manifestaient presque jamais d'intérêt pour la sexualité, sauf de manière allusive. Il avait une douzaine d'années à l'époque et il commençait à peine à ressentir les effets des premières montées hormonales. Lors de chaque visite, il se sentait attiré par une fille prénommée Ruth, qui avait son âge. Elle était si réservée et si timide qu'il était quasiment impossible de lui arracher le moindre mot. Elle portait une longue robe grise et un petit calot noir que ses parents l'obligeaient à garder sur la tête. Un après-midi, elle vint près de la portière côté conducteur de leur voiture garée où il écoutait à la radio le match opposant les Detroit Tigers aux Yankees. Elle s'approcha tout près alors qu'il lui était interdit d'écouter la radio. Pris d'une rare bravoure, il tendit le bras par la fenêtre pour lui saisir la main. Malgré son évidente surprise, elle ne retira pas sa main qui semblait étrangement musclée pour une fille. Elle la lui abandonna.

« Veux-tu m'épouser ? demanda-t-il comme s'il jouait une pièce de théâtre.

— Je ne peux pas me marier en dehors de l'Église, dit-elle doucement.

— Alors je deviendrai mennonite », promit-il.

Sa sincérité absurde les fit éclater de rire.

« Allons nous promener », proposa-t-elle.

Il arrêta la radio, puis suivit Ruth dans la grange où elle lui montra une très jeune pouliche issue d'un couple de chevaux de trait.

« Mon papa l'a appelée Ruth à cause de moi. »

Il toucha le nez très doux et féminin de cette pouliche et lui gratta l'oreille. Elle était ravissante. Ils s'éloignèrent de l'aile principale qui abritait la grange et l'écurie. Elle se mit à gravir l'échelle menant au fenil.

Il acquiesça et grimpa derrière elle. Tous deux illustraient parfaitement cette image d'Épinal de la jeunesse paysanne où le garçon essaie de convaincre la fille de monter à l'échelle devant lui pour qu'il puisse voir ses cuisses. Il se demanda si elle connaissait cette histoire. Ses chaussettes noires lui arrivaient au-dessus des genoux, et puis il y avait deux cuisses nues. Dans la pénombre de la grange, il ne distinguait rien entre les cuisses. Il sentit ses épaules prises d'une soudaine faiblesse comme s'il n'allait pas arriver en haut de l'échelle. Une fois dans le fenil, elle s'allongea de tout son long sur le foin en rougissant bigrement.

« Tu aurais dû monter devant.

— Je sais », eut-il l'audace de répondre.

Elle connaissait donc cette histoire. Le visage de la fille étant tout proche du sien, il embrassa ses lèvres. Elle fit durer le baiser quelques secondes, puis le repoussa.

« Je n'ai jamais embrassé un garçon qui ne faisait pas partie de l'Église. » Elle grimaça ainsi qu'il le faisait quand il se mordait l'intérieur de la joue par mégarde.

« Je t'aime, souffla-t-il.

— Ne dis pas ça, imbécile. »

Il n'oublia jamais ce moment. Il l'accompagna durant une quarantaine d'années, comme les saltimbanques, mais c'était un souvenir agréable.

Elle lui montra un grand trou dans le plancher en lui expliquant que tous les jours, à cinq heures du matin, elle lançait du foin à son père pour les vaches laitières, ajoutant que d'habitude c'était son frère qui s'en occupait, mais il s'était enfui la veille de ses dix-huit ans pour rejoindre la Navy et explorer ce qu'elle appelait « les sept mers ». Elle s'approcha de l'échelle.

« Non, dit-il. C'est moi l'homme. Je dois passer en premier pour te rattraper si jamais tu tombes. » Elle marqua un temps d'arrêt, sans savoir comment réagir à tant de fourberie. Il posa rapidement les pieds sur les barreaux et se mit à descendre. Comme elle ne bougeait pas, il s'arrêta. « Allez, viens ! » dit-il. « Bon, d'accord », fit-elle avant de s'engager à son tour sur l'échelle. Cette fois, la vue était plus dégagée et il sentit son pauvre corps s'embraser. Elle trébucha légèrement sur l'avant-dernier barreau. Il lui saisit la taille et elle se laissa glisser entre ses bras. Il espéra qu'elle ne remarquerait pas qu'il tremblait de la tête aux pieds.

Dehors, sa mère l'appela depuis la porte arrière de la maison pour lui dire d'aller nourrir les poulets. Il l'aida, jetant le maïs brisé en un large arc de cercle pour éviter toute querelle. Dans le poulailler, elle prit une douzaine d'œufs dans le nid. Quand il essaya de l'embrasser encore, elle dit : « S'il te plaît, non » en baissant les yeux vers ses pieds. Elle courut vers la maison et il la suivit lentement en portant le panier d'œufs.

Et voilà. Fin de l'histoire. Quand il expliquait sa théorie des « aperçus », il citait cet épisode comme un excellent exemple. Mais quand son éditrice le lut, elle ne fut guère impressionnée. « Où est la tension narrative ? Cette histoire raconte quoi ? En nous vendant ce roman à l'avance, vous promettiez une grande saga lyrique sur l'amour, la luxure, des querelles et des meurtres entre trois familles de paysans, une espèce de version déjantée de *L'Exploitation*. » Il ne pouvait quand même pas lui avouer que toutes ses idées de roman avaient disparu quand il s'était mis à élever des porcelets. Il s'était bien sûr senti très excité en décrivant son nouveau projet de roman, et son éditrice avait manifesté un grand enthousiasme. À l'époque, il n'avait déjà pas un rond et il se retrouvait encore aujourd'hui sans le sou à cause d'un chèque de droits d'auteur de Hollywood qui se faisait attendre. Son éditrice lui écrivit un bref mot après leur désagréable échange téléphonique : « Pour vingt-cinq dollars, le lecteur ne veut pas un de vos *aperçus*, mais une histoire formidable qu'il se prend en pleine face. »

Il se sentit vexé mais il savait très bien que, dans leurs moments de faiblesse, les écrivains avaient toujours cherché des fondements philosophiques à leurs créations. Dans son cas, tous ces prétendus fondements étaient franchement risibles. Pareilles velléités intellectuelles étaient presque toujours le fait de l'écrivain le plus mauvais du groupe, celui qui avait le plus à gagner, un bref éclair d'immortalité illuminant « le mouvement ». Les Beats étaient différents, pensa-t-il, ils avaient vraiment de la substance, surtout en comparaison des poètes académiques dont ils se démarquaient et qui évoquaient un lopin de maïs durant une année de sécheresse. « L'écriture automatique » de Jack Kerouac fonctionnait quand on était un bon écrivain ; sinon, c'était du charabia. Quand il avait essayé cette méthode d'écriture, il avait pondu une quantité de pages bourrées de sexe et de bouffe, ce qui ne l'avait guère surpris.

Malgré sa déconvenue, il ne pouvait pas renoncer à sa passion pour « les aperçus ». Peut-être pourrait-il écrire un livre énumérant ces épiphanies s'il rédigeait d'abord un best-seller qui lui permettrait de regagner les faveurs de son éditrice. Ou alors, quand il serait en France dans deux semaines, il consignerait ces visions dans un journal, à condition qu'elles ne se dérobent pas. Mais pourquoi le feraient-elles ? L'attente passive ressemblait à un blasphème artistique, surtout quand on n'était ni riche ni vieux, et la survenue simultanée de ces deux états – la richesse et le grand âge – dans sa vie lui coupa le souffle net. Les écrivains sont souvent victimes des lubies incontrôlables de leur imagination. Car avoir de l'imagination n'implique nullement que vous la contrôliez. Adolescent, la seule pensée du corps d'Ava Gardner lui filait la trique. Pourquoi, au nom du Ciel, avait-elle épousé ce crétin méprisable de Mickey Rooney quand elle aurait pu jeter son dévolu sur *lui* ? Évidemment, comment aurait-il pu se la payer alors qu'il gagnait seulement soixante cents de l'heure comme gardien de nuit à la fac de la ville ? Que faire si elle avait envie d'une nouvelle Buick décapotable et qu'il ne pouvait même pas acheter un seul enjoliveur ? Peut-être qu'il pourrait gagner à la loterie, à condition d'en trouver une. Car il n'y en avait pas encore dans le Michigan. Elle voudrait habiter une splendide villa, si ce n'était pas déjà le cas avec Mickey Rooney. Peut-être le trompait-elle avec Errol Flynn, Tyrone Power ou, plus vraisemblablement, Cary Grant. Se sentir tout ramollo et désarmé au moment de serrer Ava dans ses bras... Ou Deborah Kerr en nuisette, ligotée à un poteau dans *Quo Vadis*, ou bien était-ce dans *La Tunique* ? Les filles du coin étaient certes plus accessibles, mais convenaient-elles vraiment à un futur grand artiste âgé de quinze ans ?

Un soir, il balayait les coulisses d'un théâtre quand il vit une jeune étudiante debout sur scène en sous-vêtements, les yeux baissés vers les rangées de sièges vides et obscures. Il ne trouva rien à lui dire. Elle lui adressa un signe de la main, il lui répondit, puis elle franchit une de ces fausses portes du décor qui, lorsqu'on les ferme, font trembler le mur tout entier. Il se mit à balayer plus vite. S'il était incapable de dire quoi que ce soit à cette fille au joli cul, que pourrait-il dire à Ava Gardner ? Après son entrée à la fac, la chose la plus agaçante que répétaient les gens était : « C'est tout dans la tête. » Évidemment que c'était dans la tête, où sinon ? Mais tout le monde rabâchait cette phrase d'une voix insipide et prétentieuse. Et si jamais il avait suivi cette fille derrière la fausse porte ? Elle aurait peut-être appelé la police... Il ne pouvait pas se permettre de prononcer sa réplique mortelle : « Je t'ai attendue toute ma vie. » Mais comme c'était le monde réel, ils ne s'adressèrent pas un mot. Pendant des semaines, cette expérience lui causa un profond tourment. Le problème était qu'il s'agissait d'un événement réel qui semblait lui prouver qu'il n'était vraiment pas prêt pour une existence sublime et romantique. Comment aurait réagi Lord Byron ? Mais il était très improbable que Lord Byron balaie les coulisses d'un théâtre. Quand il trouva enfin une fille désireuse de mettre un terme à sa virginité, il découvrit qu'il ne savait absolument pas comment s'y prendre. Elle chuchota, « Allez, vas-y », et ils continuèrent à se peloter et à se tortiller sur le canapé. Elle finit par prendre la direction des opérations et ils arrivèrent à leurs fins. Dans les romans, les couples flottaient tout à coup sur les vagues du néant et l'auteur n'entrait jamais dans les détails. Avec un peu d'aide, pensa-t-il, j'ai résolu le problème. Plus qu'autre chose, il avait surtout eu l'impression de fondre. Il s'attendit ensuite à des changements spectaculaires dans son existence, mais il ne se passa rien de spécial.

Chapitre 6

La conséquence la plus pénible de la fin de ses aventures porcines fut qu'il se sentit soudain obligé de redevenir écrivain. Il explora longtemps le fouillis qui recouvrait son bureau à la recherche de quelques notes pour le roman qu'il devait à son éditrice. D'habitude, il avait une mémoire infaillible des détails, mais son idée lui était bizarrement venue lors d'un rêve agité à trois heures et demie du matin, et ses contours demeuraient très flous. Réveillé en sursaut, il avait bu une gorgée de whisky au goulot d'une flasque posée sur son bureau, toussé convulsivement, puis rêvé de trois familles irascibles habitant au bout d'un chemin de terre imaginaire mais d'un réalisme saisissant. Dans ce décor, leurs voitures et leurs pick-up étaient boueux, cabossés, abîmés par de nombreuses petites collisions. Une grange immense séparait leurs maisons et il y avait de l'autre côté du chemin une montagne de balles de foin récemment fauché. Les habitants de ces trois modestes maisons se ressemblaient étrangement, ce qui lui fit penser qu'ils étaient de la même famille. Dans son rêve, ces personnes étaient de mauvaises gens, sauf les enfants qui s'obstinaient à rester des enfants malgré cette atmosphère délétère. Tous, surtout les hommes, étaient d'authentiques poivrots carburant à la vodka bon marché dont ils s'envoyaient plusieurs litres par jour.

L'idée de familles paysannes malfaisantes lui plut, car toute la tradition littéraire américaine évoquant le paysan était bourrée de chèvrefeuille et de lilas, de nobles péquenauds durs à la tâche. Lui qui avait passé toute sa vie à la campagne savait qu'il s'agissait de conneries sans nom. Cette mythologie ne rendait même pas justice aux paysans, car elle leur ôtait toute humanité pour les transformer en caricatures de bande dessinée. On touchait là l'interface évidente entre l'idéologie et la fiction. Bref, toute cette idée s'était maintenant dissipée.

Il pouvait toujours appeler son éditrice pour lui demander une copie de son projet original mais cette perspective était bien trop gênante, car il avait menti et prétendu avoir déjà sous le coude une centaine de pages de notes pour son nouveau livre. Le problème avec les mensonges, c'était qu'il fallait sans arrêt en inventer d'autres pour dissimuler les précédents. Parfois, on devait même incarner ce mensonge pour ne pas se faire démasquer. Ce qui le sauva fut le bref cauchemar avec les saltimbanques qu'il fit au milieu de cette nuit-là. Ses parents le serraient très fort contre eux, car il était malade et tout tremblant de fièvre, mais il avait un pistolet miniature dans son manteau et il dégommait avec grand soin tous les acteurs qui se mettaient alors à hurler et tombaient à genoux en arborant le rictus du type qui vient de se faire piquer au visage par une guêpe. Cette image le sauva, car elle lui rappela tant bien que mal que les paysans mâles de ces trois familles étaient des cinglés de la gâchette doublés d'alcooliques notoires, qui menaçaient de tuer son héros installé non loin dans son chalet pour pêcher la truite au bord de la rivière. Eurêka! Avec des flingues et de la gnôle, comment échouer? Il renonça presque à l'idée de son voyage en France, tant la perspective d'écrire ce roman l'excita après avoir été à deux doigts d'en perdre le fil, et ce rêve délirant le transporta au septième ciel. Voilà des décennies qu'il parlait de partir écrire en France. Il ne se rappelait plus qui avait d'abord émis cette suggestion mais, de fait, regarder l'Amérique depuis la France lui permettrait sans doute d'observer avec une plus grande lucidité sa mère patrie. Las de tergiverser, il acheta ses billets. Bien sûr, au bout d'un jour ou deux, il séduirait la jeune fille chargée de lui apporter le café dans son hôtel bon marché. Comment pourrait-elle résister? Un grand artiste américain certes vieillissant, mais toujours d'attaque.

Dans le passé, quand il avait un coup de mou littéraire, il se souvenait que durant plus de trente ans tout le monde avait oublié Melville. L'écriture, comme la nature, était pleine d'injustices. La grêle tuait les bébés rossignols dans leur nid. Les guerres, qui faisaient manifestement partie de la nature, tuaient des millions de gens. Ce qui le bouleversait en lisant Anne Frank, ce n'était pas ce que tout le monde savait, à savoir qu'elle était morte comme des millions de juifs, mais qu'elle était de toute évidence vouée à devenir un grand écrivain. La mort d'oiseaux chanteurs percutant des vitres le rendait dingue. On avait devant soi une vie merveilleuse, puis on percutait une vitre et tout était fini. La mort de sa sœur, à dix-neuf ans, et celle de son père dans un accident de la route lui étaient toujours inacceptables un demi-siècle plus tard. Ce drame avait créé comme une boule de rage en permanence au fond de lui. Ce fut en définitive ce qui le poussa à devenir écrivain. Puisqu'une telle horreur peut arriver à ceux qu'on aime, alors autant profiter de son séjour terrestre pour suivre les penchants de son cœur. « Tout passe, tout lasse, tout casse », comme dit le proverbe. L'ambition énerve quand l'humilité apaise. L'ambition de l'artiste créant son œuvre était autre chose. Tout ce qu'il se permettait d'espérer, c'était que ses livres restent disponibles en librairie. Il tenait mordicus à ce qu'en promenant Mary et Marjorie le matin, il promène simplement une chienne et un porcelet par une splendide matinée sans se soucier des piques lancées contre lui par tel critique new-yorkais malveillant. Un soir où, dans les toilettes d'un cinéma, il lavait ses mains enduites de gras de pop-corn, il avisa près de lui un jeune élégant qui rectifiait les ondulations de sa coiffure sophistiquée avec de très étonnants coups de poignet. Ce minet avait dans les cheveux des dizaines de vagues et de frisettes, et tout du long il se sourit dans le miroir. Il se rappela avoir pensé sur le moment que la vie de ce type était fichue. Il avait peut-être une copine qui aimait bien ou qui adorait sa coiffure alambiquée, mais pas autant que lui-même ne l'adulait. Après le film il l'aperçut accompagné d'une fille assez laide, ce qui le convainquit que le type ne voulait surtout pas souffrir de la moindre comparaison.

Chapitre 7

Son mois passé en France fut si merveilleux qu'il se demanda ensuite pourquoi il était rentré chez lui. À tous égards ce fut une fête des sens et ses désirs naturellement fantasques s'en trouvèrent comblés. Bien qu'ayant appris le français pendant un an, il ne se rappelait presque rien de cette langue même si quelques bribes lui revenaient parfois en mémoire. Cela lui sembla sans importance car les Français, du moins à Paris, connaissaient assez d'anglais pour le tirer de ses petites difficultés. Un ami artiste lui avait parlé d'une chambre de rêve dans un modeste hôtel de la rue Vaneau, tout près de la rue de Sèvres et de la rue de Babylone, à deux pas des Invalides, un repère pratique. Il y avait des cartes de la ville à la réception et il ne sortait jamais sans en avoir une sur lui. Il la consultait si souvent qu'elle lui durait seulement quelques jours avant de se transformer en un chiffon inutilisable. Une fois, lorsqu'il oublia ses lunettes de lecture et que la carte devint toute floue, il eut beaucoup de mal à s'orienter. Dans un petit jardin public il finit par aborder une vieille dame qui, dans un anglais limpide, lui fournit les indications nécessaires. Ils bavardèrent un moment et il apprit ainsi qu'elle avait été mariée à un soldat américain originaire de Chicago. Elle y vécut avec lui jusque dans les années soixante, lorsqu'il décéda et qu'elle rentra en France. Elle dit qu'elle devait son caractère bien trempé à ses parents basques. Il ne comprit pas ce que cela signifiait, mais se renseigna ensuite et découvrit le sens de ses paroles. Elle fit pivoter les épaules du visiteur pour le diriger vers le nord, en direction de la tour Montparnasse, le seul gratte-ciel du quartier. Dès lors, il se servirait de ce bâtiment comme d'un phare quand il serait perdu. Il retrouva aisément son chemin sur la droite avant d'avoir atteint le gratte-ciel.

Paris sembla approuver sa notion d'aperçu. Durant les deux premières semaines, il parcourut des centaines de rues jusqu'à avoir mal aux tibias à force de fouler un béton auquel ses jambes n'étaient pas habituées. Il lui fallut s'accorder quelques jours de repos, qu'il passa pour l'essentiel dans des bains brûlants. Au Bon Marché, il acheta une paire de grosses chaussures à semelles épaisses et découvrit dans la foulée l'immense traiteur situé au même étage. Quelle chance ! Un temps, il bannit les restaurants. Le matin, il achetait le *Tribune*, commandait un café, puis rejoignait ce traiteur pour prendre du pain, quelques fromages parmi les centaines qu'on y proposait, un peu de pâté, du saumon et plusieurs variétés de harengs. Il se promit d'habiter un jour ce quartier pour cuisiner dans son appartement après avoir fait ses courses dans ce merveilleux magasin de luxe. On y trouvait aussi une diversité incroyable de grands crus, mais il préférait le petit marchand de vin situé de l'autre côté de la rue, où il avait fait la connaissance d'un vendeur fort sympathique. Un jour, cédant à une impulsion subite, il acheta un double magnum de mouton-rothschild, mais ne sut ensuite quoi faire de cette énorme bouteille, qu'il finit par emmener à un dîner chez son éditeur, lequel pensa sans doute, « Quel cinglé, cet Américain ! », avant de cacher le double magnum à ses autres invités. « Une bouteille réservée aux grandes occasions », dit-il.

En France, il se remémora quelques images de son existence nomade à l'époque où il écrivait très lentement son roman le plus ambitieux, des scénarios et quelques articles déjantés sur la vie au grand air pour *Sports Illustrated*. Il alla en Russie avec un ami, mais leur guide du KGB refusa qu'il écrive quoi que ce soit sur les courses de chevaux russes. Il assista pourtant à une course et vit Iron Jaw gagner. Sur le chemin du retour aux États-Unis, il fit halte en Normandie et écrivit un texte sur une chasse à courre dans les environs du château familial d'un ami. C'était la première fois qu'il logeait dans un château, mais il s'y était senti aussi à l'aise que Richard III qui y avait résidé durant l'invasion de la France. Un soir, son ami et lui dévorèrent un marcassin fourré aux truffes.

La même année, sa femme et lui allèrent en Afrique avec cet ami et son épouse. Ce fut un voyage mémorable. Il s'extasia, non pas sur les mammifères, qu'il avait très souvent vus à la télévision et au cinéma, mais sur les oiseaux. Chaque oiseau africain était pour lui une découverte, y compris l'énorme aigle martial qui dévorait parfois des hyènes pesant soixante-quinze kilos, exactement comme l'aigle doré de Mongolie tuait volontiers un loup pour le manger. Imaginez cette masse – aussi lourde qu'une grosse dinde gelée – dotée d'énormes serres, fondant soudain sur vous. Boum ! Une mort instantanée. Il rêva de retourner seul en Afrique simplement pour regarder les oiseaux. Il voyagea aussi en Équateur, missionné par un magazine de chasse et pêche afin de pêcher à la mouche un marlin rayé. Il réussit enfin cet exploit lors d'un voyage ultérieur au Costa Rica.

Son voyage le plus marquant sans doute fut le mois passé au Brésil, où un producteur l'envoya faire des recherches pour un scénario. La présence constante de la musique brésilienne imprégna son âme et, à tout moment, il pouvait en ressusciter le souvenir. Les milliers de filles sur les plages étaient tout aussi mémorables, leurs formes sculpturales entretenues par les jeux de ballon qu'elles pratiquaient sans cesse. Un jour, il rejoignit le cortège d'une manifestation contre les armes nucléaires, menée par un orchestre de samba survolté. Tout le monde dansait et il fit de son mieux. Une vieille femme austère, la dignité incarnée, vint vers lui et lui enseigna quelques pas de danse. Il lui proposa ensuite de boire un verre. Elle répondit que, si jamais elle prenait un verre avec un inconnu, son mari trancherait la gorge de cet homme. Il apprit ensuite qu'au Brésil, de nombreux maris avaient la mauvaise habitude de tuer leur épouse. Plus au nord, il adora l'ancien port d'esclaves de Bahia, encore plus saturé de musique, si c'était possible, que Rio. Il découvrit l'ivresse permanente, sans alcool ni drogue. Le moindre gamin grattant une guitare sur un banc de parc semblait bien meilleur que tous les quartets qu'il avait pu entendre aux États-Unis. À Bahia, la musique était la vie. Il n'y en avait pas d'autre. Peut-être cette musique était-elle le seul moyen de supporter la misère omniprésente. On pense sans arrêt à la musique, à l'océan Atlantique qu'on a sous les yeux, au ciel nocturne qui ouvre le cœur des hommes plutôt que de le sceller. Les danses étaient sans fin et il envia soudain ces gens qui dansaient tous les jours et non pas juste de temps à autre. Plus d'une fois durant son séjour il envisagea de s'installer dans cette ville.

Un matin de décembre où il neigeait incroyablement à Paris, il s'était assis à son bureau pour contempler un ensemble de poèmes écrits depuis la parution de son dernier recueil, trois ans plus tôt. Tout cela se passait non pas trente mais cinquante ans après avoir composé son premier poème en lisant John Keats. Bien sûr, ce poème se résumait à des vers de mirliton, et il s'en était tout de suite rendu compte. Il pensa aux milliers d'heures qu'il avait passées à travailler sur des poèmes depuis la révélation de sa vocation à quatorze ans. « Vocation » est une espèce de terme théologique – on dit qu'un jeune homme découvre sa vocation de prêtre, et c'est moins vrai de l'écrivain –, mais il savait qu'à ce moment-là il s'engageait pour la vie. À quatorze ans, debout sur le toit de la maison au milieu de la nuit, il regarda la Voie lactée qui, dans sa plénitude fabuleuse, sembla lui rendre son regard. Trente ans plus tard, il regardait la neige en pensant que sa prose était plus contestable, même s'il en lisait beaucoup. Il lui fallait écrire, mais durant de longues périodes il ne sentait éclore aucun poème. René Char, un poète français qu'il adorait, avait dit à propos de la poésie : « Il faut être là quand le pain sort tout chaud du four. » Il devait organiser sa vie pour être prêt à tout moment à recevoir le poème, quand bien même sa venue mettrait un mois ou deux. Selon une autre de ses obsessions, guère partagée par le monde étriqué de la poésie, chaque poète était tenu de lire toute la poésie publiée, dans tous les pays et à toutes les époques. Il consacra d'innombrables années à cette tâche. Comment écrire sans connaître ce qui s'était fait de mieux dans toute l'histoire du monde ? Quand il allait pêcher et camper avec des amis au chalet proche du lac, ils apportaient des tas de magazines de cul alors que lui ouvrait seulement des anthologies de poésie chinoise et russe. Il se fichait qu'on se moque de lui, car il était le plus gros et le plus fort du groupe et ses amis limitaient leurs railleries de peur de prendre une rouste. C'était en fait un jeune paysan parfaitement inoffensif qui semblait menaçant à cause de sa musculature forgée par les rudes travaux des champs : dresser de hautes pyramides de balles de foin, décharger des camions d'engrais, poser des tuyaux d'irrigation.

Récemment, assis dans son studio à regarder son épouse, une très belle femme, s'activer dans le jardin, il connut quelques minutes d'un bonheur parfait. Il fut incapable de se rappeler un plaisir comparable, en dehors du fait d'attraper une truite brune de cinq livres dans une rivière du coin. Mais ce bonheur fut plus concret et intense. Car après plusieurs années d'éloignement progressif, ils venaient de vivre une sorte de rapprochement.

Tout avait commencé à cause du tabac. Après une violente crise d'asthme, elle avait passé une semaine dans un hôpital de Tucson. Cet asthme était si grave qu'elle ne pouvait plus vivre en compagnie d'un fumeur. Dès qu'il était à la maison, il se retrouvait claquemuré dans son studio, contraint de fixer un rectangle de plastique noir avec du ruban adhésif sur l'imposte située au-dessus de la porte. Cet endroit exigu et désormais étanche augmenta considérablement sa claustrophobie naturelle. Il ne supporta pas cette situation. Devait-il arrêter de fumer ? Son seul succès en ce domaine se résumait à sept semaines de sevrage dues à son opération de la colonne vertébrale. Le chirurgien lui annonça que, pour que ses os guérissent convenablement, il ne devait ni boire ni fumer durant ces sept semaines cruciales. Il se mit dans la peau d'un héros et réussit à tenir bon, sans tricher.

Sa femme et lui se retrouvèrent un soir, assis sur la balancelle de la véranda pour regarder les lucioles et les millions d'étoiles au-dessus de leur tête, actionnant de leurs pieds paresseux le doux va-et-vient du siège. La nuit était d'une insupportable beauté et les constellations échangeaient leurs messages cryptés. Il lui dit qu'il s'agissait peut-être d'une langue inconnue utilisée par Jésus et Bouddha pour se parler.

« Quelle idée merveilleuse… Je dois t'annoncer une mauvaise nouvelle. Ton ami Ralph est mort cet après-midi. J'ai attendu pour te le dire. Je ne voulais pas te gâcher tes lasagnes préférées au dîner. Sa fille est ici en visite. Tu devrais l'appeler. »

Il fondit en larmes. Il sanglota, en pensant que son ami était peut-être mort d'une crise cardiaque alors qu'il essayait de déboucher une bouteille de vin récalcitrante. Il n'était pas très costaud. Récemment, tous deux s'étaient mis à échanger des lettres sur la poésie chinoise, et il commençait à considérer Ralph comme son seul vrai ami.

Sa femme le prit dans ses bras et ils restèrent une heure ainsi, chacun ouvrant les vannes de son âme, à se dire tout ce qu'il était possible d'avouer sur ces défauts innombrables qui les maintenaient depuis trop longtemps loin de l'autre. Ils firent enfin l'amour sur le plancher de la véranda dans la musique obsédante des moustiques.

Chapitre 8

Après de longs mois consacrés à l'écriture, le crâne est sur le point d'exploser. Il souffrit d'un ennui épuisant, une torture consécutive à la rédaction d'un roman et, aussitôt après, d'une longue nouvelle. Ce fut une période vouée à la seule compulsion. La distraction des porcelets et ses errances fantasques aux quatre coins de la France lui manquaient. Il avait toujours Marjorie, mais Mary avait mal à une patte et ne pouvait plus marcher. Marjorie s'était convaincue à tort qu'elle devait surveiller Mary lors de leurs rares promenades, au lieu du contraire, qui eût été plus normal. Il se dit que c'était sans doute parce qu'elle avait conscience de sa corpulence impressionnante car, selon lui, elle pesait maintenant dans les cent cinquante kilos.

Un jour qu'il se baladait seulement en compagnie de Marjorie, la fille des voisins arriva avec son jeune berger allemand. Ce chien, qui n'avait jamais vu de cochon, se faufila sous la clôture, poussé par la curiosité. Quand la fille cria que son chien était « méchant », il lui rétorqua : « Ma truie aussi ! » Marjorie attaqua le chien, qui gronda et aboya. Marjorie coinça l'intrus dans un angle délimité par trois poteaux. Le chien à la fois étranglé et écrasé mettait en charpie les oreilles de la truie, qui semblait s'en moquer. Il essaya d'égorger Marjorie, en vain : elle avait la peau trop coriace. La fille tenta d'intervenir, mais sa jupe se prit dans le fil de fer barbelé. Il s'efforça de ne pas regarder ses cuisses ravissantes et de l'aider simplement à sauver son chien. En se tortillant, il réussit à glisser une main entre le chien et Marjorie, à l'arracher aux dents de la truie et à le lancer par-dessus la clôture, tout en se faisant mordre l'épaule jusqu'au sang. La fille horrifiée se recroquevilla en voyant que son épaule saignait, mais pas autant que l'oreille de la truie. Aussitôt sauvé, le chien détala sur le chemin et rentra chez lui ventre à terre. Elle serra le poète entre ses bras et murmura :

« Ne dites rien à mon père.

— Ne t'inquiète pas. Tout va bien. » Sa main baladeuse effleura son derrière musclé. Elle trembla, la main virile aussi. Elle recula, toute rouge.

« Pourquoi nous embrassons-nous ? demanda-t-elle.

— Parce que nous en avons envie. »

Il l'embrassa encore plus passionnément et lui saisit le derrière à pleines mains. Quand elle se dandina, les doigts du poète se glissèrent dans la fente recouverte de tissu. Marjorie émit un bruit inquiétant et ils se tournèrent vers elle. Il n'y avait aucun doute : elle fusillait la fille du regard. « Marjorie, assis ! » Marjorie s'assit comme un chien de chasse et regarda autour d'elle d'un air gêné.

« Je ne savais pas qu'on pouvait dresser une truie comme un chien.

— C'est une de mes spécialités, dit-il d'un ton suffisant.

— Vous pourriez peut-être m'aider à dresser mon chien ?

— J'en serais très heureux.

— Faut que je rentre. Mes parents vont s'inquiéter si je ne reviens pas avec le chien.

— Encore un baiser ? » suggéra-t-il en la poussant un peu vers le fourré entourant les gros rochers situés dans l'angle de la prairie. Il lui souleva la jupe.

Elle paniqua. « Je ne prends pas encore la pilule. » Elle se débattit, se libéra, et courut le long de la clôture.

Il soupira, puis s'étonna de cette rencontre hautement improbable. Cette fille évoquait une pêche bien mûre.

Son épuisement lui ôtait tout allant. Le médecin, qui lui faisait passer des tests pour ses apnées du sommeil, déclara qu'il manquait d'oxygène en dormant. Lui-même se fichait de la nature de ses troubles, il désirait seulement les voir disparaître. Il était inerte, perdu en lui-même, une sensation détestable qui l'obligeait à rester assis comme un légume en pensant à son absurde fatigue. Depuis la mort de son voisin et la fameuse soirée sur la véranda, il dormait agréablement avec sa femme. Elle n'avait pas envie de faire l'amour, mais lui non plus. Tous les jours, il faisait une petite sieste sur le canapé de son studio, mais celle-ci s'éternisait et il roupillait presque toute la journée. L'incident avec la fille, son chien et la truie constituait le seul épisode lubrique qu'il ait vécu depuis des mois.

Auparavant, il s'était aisément convaincu que bon nombre de ses problèmes étaient de nature clinique et qu'une batterie de psychiatres en viendraient à bout. Mais depuis peu, son épuisement lui paraissait sans solution. Il lisait comme d'habitude beaucoup de textes évoquant son problème, ce qui entraînait une frustration familière : il comprenait précisément ce qui clochait chez lui, tout en étant incapable d'y remédier. Après avoir consulté divers médecins, il dormit presque un mois. Il était incapable d'écrire une seule phrase, et il n'en avait plus la moindre envie. Tout ce qu'il pouvait faire, c'était signer un reçu de carte de crédit. Quand il était éveillé, il passait presque tout son temps à regarder en somnambule les multiples espèces d'oiseaux migrateurs arrivant du Mexique et se dirigeant vers le nord.

Quinze ans plus tôt, las des rudes hivers septentrionaux, ils avaient loué une maison au bord d'une rivière sur la frontière mexicaine. Il n'avait pas remarqué que c'était l'une des meilleures régions nord-américaines pour observer les oiseaux, mais il retrouva avec bonheur le plaisir de son enfance qui consistait à les identifier. Il assista à l'arrivée près de chez lui du très rare moqueur bleu du Mexique. La rumeur se répandit et presque aussitôt il y eut des centaines d'amateurs d'oiseaux postés le long de leur clôture, tout près de la rivière. Furieux de cette intrusion, il menaça certains d'entre eux d'abattre cet oiseau splendide. Quelques femmes en pleurèrent. Il installa une pancarte disant : « Attention ! Pitbull Black Savage champion d'Amérique ! » Le flot humain diminua, mais pas de beaucoup. Il se rendit au Walmart de Nogales, acheta une boom box stéréo et quelques CD de chansons de la frontière mexicaine incluant cette fameuse musique d'amour, de violence et de mort. Il atteignit son objectif : tout le monde sembla terrorisé. Les gens arrivaient toujours, mais repartaient très vite. Il constata avec amusement que le moqueur bleu du Mexique se pavanait et dansait devant la boom box.

Toute leur région était magnifique : il y avait quantité de montagnes boisées et un peu de désert, le tout couvert d'une faune et d'une flore exubérantes. Une femelle puma et son petit avaient tué et dévoré un chevreuil parmi les broussailles de leur cour. À quelques kilomètres seulement de leur maison, on avait vu un jaguar. Les serpents à sonnette constituaient une légère nuisance. Un jour, il dut en abattre un dans leur chambre. Sa femme avait laissé les baies vitrées ouvertes et le serpent en quête de fraîcheur était entré. Mais ce n'était rien en comparaison de leur propriété du Montana où, en été, un attrapeur de serpents professionnel dut éliminer mille serpents à sonnette dans leur nid au versant d'une falaise, après qu'il eut perdu Rose, son setter anglais préféré. Elle avait été mordue à la gueule, un croc dépassant de son œil.

Plus tôt dans sa carrière, quand ses travaux d'écriture le perchèrent tout en haut d'un arbre malingre, il eut la sagesse de lever le pied. Il eut aussi la sagesse de reconnaître qu'on devenait plus idiot encore en vieillissant. L'année où il eut sa bourse Guggenheim, à moins de quarante ans, il pêcha cent fois et réussit quand même à pondre un roman et un recueil de poèmes, grâce au mauvais temps fréquent dans le Nord-Michigan.

Maintenant que son talent s'était étiolé, il restait souvent assis à se laisser vivre ou, pire encore, il somnolait simplement. Il avait toujours été un champion du sommeil. Un jour, il avait emmené deux amis pêcher et il s'était endormi en ramant. Un autre jour il atterrit à Charles-de-Gaulle à Paris, et l'hôtesse dut le secouer pour le réveiller. Il caressait rarement l'espoir d'une vie nouvelle. Cinq tasses de café et il dormait comme un loir. Il se vantait de bien penser, quoi que cela veuille dire. Pas grand-chose, la plupart du temps. Par chance, sa mémoire résistait à la débâcle générale. Il voyait clairement le passé, son essor et sa chute. Le déclin était aisé. On s'arrête simplement, on s'endort, on déraille.

Voilà des années que la pêche, la chasse et la cuisine étaient les obsessions de sa vie. Qu'on en interrompe une seule et c'est tout qui s'arrête. C'était un mystère, mais il en désirait toujours plus. Durant toutes ces années consacrées à l'enseignement, quand il s'était passionné pour l'art culinaire, sa femme avait été ravie. Il n'y a pas une seule femme au foyer qui ne se lasse de trouver un plat nouveau à chaque repas. Dans son cas, tout avait bizarrement commencé quelque part entre des recettes et des poèmes. En proie à son hubris coutumière, il décida de créer autant de recettes originales qu'il y a de poèmes dans un recueil. Comme on s'en doute, il fut bientôt bon à ramasser à la petite cuillère. Quand on l'interrogeait, sa femme faisait remarquer que la recette prétendument originale de son mari n'avait rien d'original. Elle-même possédait un immense répertoire de recettes et une très vaste bibliothèque de livres de cuisine qui impressionnait tous les visiteurs. Il n'avait pas assez réfléchi au problème et se sentit humilié de ne pas être d'emblée un grand chef plein de créativité. Quant à sa femme, cette situation l'amusait beaucoup, de sorte qu'il se montrait volontiers querelleur. Et, à son grand désespoir, il découvrit que cuisiner et picoler étaient des activités incompatibles, en tout cas au-delà d'un verre de vin.

Sa première victoire fut absurde. Un jeune couple du département de français était venu boire un verre et le conseiller pour son prochain voyage en France. La jeune femme semblait tout savoir de la cuisine et du vin. Il remarqua la vitesse à laquelle le jeune homme paisible et déférent ouvrait la bouteille. C'était un talent enviable, car il avait assisté à cette opération dans de nombreux bistros ; selon lui, elle requérait un tour de main particulier, pas accessible à n'importe quel amateur. Sa femme lui avait déconseillé de cuisiner en s'inspirant des ouvrages de Paula Wolfert, car la plupart de ces recettes étaient « hors de portée ». Il en avait commencé une l'après-midi précédent qui, de toute façon, ne serait pas prête avant minuit. C'était un ragoût à base de cuisses de canard, d'ail, de thym, d'Armagnac et de vin rouge. Sa femme l'avait fait un jour, avant de déclarer que le résultat ne valait pas tous ces efforts. Fatiguée, elle avait fini par se faire une omelette au fromage, puis était allée se coucher. À son tour, il avait renoncé à la fameuse recette.

Le couple, sa femme et lui se retrouvaient donc tous affamés, grignotant des olives en buvant un côtes-du-rhône très moyen. La Française leur suggéra de venir chez eux, de l'autre côté de la ville, pour qu'elle leur prépare un petit souper. Il refusa d'un ton catégorique, puis sortit du frigo son ragoût à demi terminé dans la grande marmite bleue Le Creuset. Sa femme dit à l'invitée : « Nous allons le réchauffer. Vous pourrez sans doute l'améliorer. » Il improvisa la dernière partie de la recette de son « cassoulet de canard », puis la Française poussa des cris d'extase et, avec son accent sifflant, le déclara délicieux. Après ce triomphe, il essaya avec arrogance toutes les recettes accessibles, ou non, à ses modestes talents, des plats d'ordinaire français, mais aussi du nord de l'Italie, sans oublier ceux figurant dans les livres de Mario Batali. Il préférait les recettes françaises, mais seulement parce qu'elles étaient moins contraignantes. Quoique plus ou moins vive, cette obsession culinaire avait duré toute sa vie. Un mois d'activités intenses était parfois suivi d'un mois de paresse entrecoupé par la préparation de quelques plats chinois élémentaires. Il adorait sentir la cuisine s'emparer de son esprit pour résoudre ses problèmes psychologiques habituels, ce qu'elle réussissait toujours à faire. Il soupçonnait qu'elle était au cœur même de son équilibre mental, si jamais il en avait un.

L'eau fut le mystère le plus évident de son enfance, ce qui fit naître en lui son goût pour la pêche. Elle était pour lui d'une grande richesse émotionnelle, tout comme le serait par la suite la cuisine. On commençait par apprendre d'un prof que l'eau était H_2O, ce qui n'eut jamais grand sens pour lui. Tout en haut de la liste de ses amours figuraient les rivières, ces dizaines de rivières où il avait pêché et d'autres simplement entrevues durant ses voyages sur la route. Il avait eu la chance de pouvoir assouvir sa passion en ayant grandi dans le Nord-Michigan où abondaient les torrents sauvages, les lacs, les étangs, les rivières, sans oublier les Grands Lacs. Il visita ces derniers lors d'une excursion. On ne pouvait pas voir l'autre rive et l'on avait même le sentiment que cette autre rive n'existait peut-être pas. Son amour de l'eau s'accrut vertigineusement quand son frère aîné, aujourd'hui doyen d'université, lui raconta l'un de ses nombreux bobards. Son frère lui assura que certaines flaques pouvaient même être sans fond, descendre jusqu'à la Chine où l'on était décapité avec un long sabre, comme faisaient les Japonais aux GI durant la Seconde Guerre mondiale, ainsi que le prouvaient les photos des anciens numéros du magazine *Life* conservés par leur mère. Traverser la planète Terre en tombant tout du long pour finir par se faire décapiter était vraiment effrayant et la source de cauchemars terribles, mais il comprit un jour que son frère essayait seulement de lui faire peur. Son frère répétait souvent qu'il avait rêvé de mourir dans un fleuve d'Amérique du Sud, étouffé par un anaconda. Lors d'une projection un samedi après-midi dans un cinéma de Reed City, cet énorme serpent s'empara de son imagination, car le film montrait un certain

Frank Buck apparemment attaqué par d'énormes créatures terrestres.

    Son amour de la pêche commença à l'âge précoce de cinq ans et s'épanouit de manière saisissante après la perte de son œil gauche, à sept ans. Son père se dit alors que la seule façon de dissiper la mélancolie de son jeune fils consistait à l'emmener pêcher. Le week-end, quand son père ne travaillait pas, ils pêchaient la truite dans les rivières. Pendant la semaine, ils pêchaient en fin d'après-midi et dans la soirée au bord d'un lac isolé tout proche du chalet où ils passaient l'été tous ensemble. Son père et ses oncles le construisirent à leur retour des atroces combats dans le Pacifique Sud durant la Seconde Guerre mondiale. Il fut très impressionné en apprenant qu'ils avaient seulement dépensé mille dollars pour bâtir ce magnifique chalet. Le bruit de la pluie sur la tôle du toit apaisait ses violentes douleurs oculaires et, par la suite, il identifia toujours un chalet isolé à une sensation de bien-être. Il ne passait pas une journée sans pêcher. Quand le temps était froid et venteux, il s'emmitouflait dans la barque puis laissait le vent et les grosses vagues l'emporter de l'autre côté du lac. Il devait ensuite ramer tout du long contre le vent pour rentrer dîner au chalet. Quand les bourrasques soufflaient, la pêche n'était guère agréable, mais il fermait les yeux et s'imaginait dans le Grand Nord canadien, entouré d'ours polaires.

Il lui semblait que les rivières, les oiseaux et les forêts l'avaient maintenu en vie jusqu'ici et qu'ils continueraient de le faire. Sa femme identifiait beaucoup mieux les oiseaux que lui, mais elle avait une bien meilleure vue. Aucun de ses amis ne s'intéressait aux oiseaux. Ils essayaient de le taquiner à propos de cette activité de « mauviette ». Il leur répondait seulement de manière mystérieuse que les oiseaux étaient les plus belles créatures de la nature tout entière. Quand des magazines de sports au grand air l'envoyaient pêcher au Chili, en Équateur, au Costa Rica, au Nicaragua ou au Mexique, il trouvait ces séjours exotiques très agréables. Mais il désirait pêcher, non pas écrire sur la pêche. Ce sont souvent nos conclusions qui nous épuisent. Et puis devoir louer les services d'un guide de pêche à la truite, car il n'y voyait pas assez bien pour attacher les minuscules mouches, le ralentissait. Souvent, la seule présence d'un guide dans le bateau lui gâchait son plaisir. Les guides désiraient parler des problèmes liés au mariage et à l'argent. Lui, non.

Il se passionnait aussi depuis des années pour la chasse aux oiseaux, surtout la grouse et la bécasse, un peu moins pour la caille et les colombes du sud. En revanche, il se désintéressait de la chasse au chevreuil. Dans toute sa vie il en avait seulement tué un, et cela lui suffisait. Les vider de leurs entrailles et les dépiauter était déplaisant, une sorte d'épreuve morale. Mais leur viande était délicieuse. Lorsqu'il renonça à chasser le chevreuil, il constata que beaucoup de ses amis partageaient leurs prises avec lui, y compris l'antilope et l'élan du Montana.

Il avait dressé une demi-douzaine de chiens, une activité plus agréable que la chasse proprement dite. Il y avait une sorte de joie partagée quand le chien se mettait en arrêt en sentant l'oiseau, puis en rapportait la dépouille. Une excitation soudaine, la compréhension totale entre l'animal et l'homme et un objectif commun. Tess, son setter anglais, une chienne élégante, se lançait souvent dans une danse fière après avoir rapporté un oiseau abattu. Et quand la chasse commençait, elle s'éloignait volontiers avec ce pas très sophistiqué qu'on voit chez les chevaux de selle américains pendant les concours équestres. Il aimait les poèmes qui lui donnaient la chair de poule, et il réagissait de la même façon quand il chassait avec un chien de qualité.

De toute évidence, une grande part du plaisir de la chasse et de la pêche venait de l'endroit où il se trouvait. La nature vous enveloppait de toute part. Parfois, quand il pêchait la truite, son esprit jouait du violoncelle. Et parfois, quand il avait chassé les oiseaux pendant huit heures, l'épuisement et la saveur du vin français quand il rentrait au chalet étaient exquis. D'ordinaire il accueillait deux amis dans son chalet, qui préparaient le dîner lors de la pause de midi puis le faisaient mijoter lentement dès leur retour en fin de journée. Ils savaient tous très bien cuisiner, mais ils se contentaient souvent de faire griller les oiseaux, qu'ils dégustaient avec de la polenta au fromage et beaucoup de vin.

Passacaille pour rester perdu, un épilogue

Souvent nous demeurons parfaitement inertes face aux mystères de notre existence, pourquoi nous sommes là où nous sommes, et face à la nature précise du voyage qui nous a amenés jusqu'au présent. Cette inertie n'a rien de surprenant, car la plupart des vies sont sans histoire digne d'être remémorée ou bien elles s'embellissent d'événements qui sont autant de mensonges pour la personne qui l'a vécue. Il y a quelques semaines, j'ai trouvé cette citation dans mon journal intime, des mots évidemment imprégnés par la nuit : « Nous vivons tous dans le couloir de la mort, occupant les cellules de notre propre conception. » Certains, reprochant au monde leur condition déplorable, ne seraient pas d'accord. « Nous naissons libres, mais partout l'homme est enchaîné. » Je ne crois pas m'être jamais pris pour une victime, je préfère l'idée selon laquelle nous écrivons notre propre scénario. La nature ou la forme de ce scénario est trop gravement compromise pour qu'on puisse espérer aboutir à d'honnêtes résultats. On est contraint d'écrire des scènes que les gens auront envie de voir et « Jim passa trois jours entiers la tête entre les mains, à gamberger » ne fait pas l'affaire. C'est de l'ordre du slogan idiot mais très répandu : « Je sais pas grand-chose, mais je sais ce que je pense. » Il y a tant d'années, quand j'ai arrêté la fac, je me suis dit que cette bévue monumentale était due à la personnalité que j'avais construite. Tout a commencé à quatorze ans, quand j'ai décidé de consacrer ma vie à la poésie. Incapable de trouver le moindre cas comparable dans le Nord-Michigan, j'ai réuni toutes les informations que je pouvais, en rapport avec des écrivains ou des peintres. La vie d'un peintre est parfois fascinante, celle d'un poète beaucoup moins. Mais les deux figuraient tout en haut de ma liste d'artistes. Si j'étais d'un tempérament orageux et que j'habitais une chambre de bonne à New York ou à Paris, j'aurais meilleure mine avec des taches de peinture sur mes pauvres fringues qu'avec des moutons de poussière et des pellicules. J'ai donc lu des dizaines de livres sur des peintres et des poètes pour découvrir quel type de personnalité je devais avoir. J'ai même peint durant presque un an pour accroître la ressemblance. J'étais un peintre nul, entièrement dépourvu de talent, mais étant arrogant, fourbe et fou, j'ai convaincu certains amis que j'étais réellement un artiste. Cela se passait juste avant la dinguerie beatnik. Le slogan de l'époque était : « Si tu ne peux pas être un artiste, alors fais au moins semblant d'en être un. » J'ai tenté de copier les tableaux de maîtres anciens mais pour la Vue de Tolède du Greco, je me suis trouvé à court de toile à mi-chemin de Tolède. C'était une mauvaise organisation, pas du mauvais art. Quelle honte, même si personne ne le savait en dehors de ma petite sœur Judy, qui partageait ma fièvre artistique, allumait des bougies rouges et jouait du Berlioz pendant que je travaillais sur mon tableau. Le modèle est bien sûr ici celui de l'artiste romantique, sans doute la malédiction de toute ma vie qui m'a maintes fois fait trébucher et m'étaler de tout mon long. Par chance, mon hérédité paysanne m'a aussi donné le désir de travailler dur, si bien que j'étais rarement au chômage. Comme disait mon père : « Si tu sais manier la pelle, tu t'en tireras toujours. »

La confusion liée à la formule « Tout est permis » a duré à peu près toute ma vie. C'est bien sûr une ânerie, mais l'ego est aux abois s'il ne s'invente pas son propre combustible et ses munitions. Quand on se prétend poète, on ne peut pas couiner comme une petite souris ou marcher en minaudant comme une prostituée japonaise. Le problème, c'est qu'il faut se considérer comme un poète avant même d'avoir écrit la moindre chose digne d'être lue et, à force d'imagination, garder ce ballon égotique en état de vol. J'ai survécu grâce à d'excellents et de très mauvais conseils. Le meilleur est probablement Lettres à un jeune poète de Rilke, et le pire, que j'ai suivi fanatiquement, était sans doute *celui de Rimbaud qui vous poussait à imaginer que les voyelles avaient des couleurs et qu'il fallait pratiquer un complet dérèglement de tous les sens, ce qui revenait à dire qu'il fallait devenir fou. Je m'en suis très bien tiré. On conseillait simplement aux jeunes poètes de ne pas s'embourgeoiser. Même ce vieux conservateur de Yeats déclara le foyer domestique plus dangereux que l'alcool. J'hésite à abonder dans son sens, ayant eu un certain nombre d'amis morts d'alcoolisme. Nous avons toujours vécu à la campagne, où il est beaucoup plus facile d'éviter l'embourgeoisement. Le monde de la nature attire avec une telle force qu'on peut facilement ignorer le restant de la culture ainsi que les obligations sociales. À dix-huit ans, j'ai découvert un poète italien que j'aimais beaucoup, Giuseppe Ungaretti. Il écrivit,* Vorremmo una certezza *(Donne-nous une certitude), un mauvais conseil, mais très compréhensible quand on a traversé la Seconde Guerre mondiale. Il admit,* Ho popolato di nomi il silenzio *(J'ai peuplé le silence de noms). Et puis,* Ho fatto a pezzi cuore e mente / per cadere in servitù di parole *(J'ai réduit en morceaux mon cœur et mon esprit pour m'asservir aux mots). Bien sûr. C'est ce qu'on fait. Peut-être qu'on radotera encore dans notre cercueil.*

    Dans toute l'Amérique, les jeunes gens demandent de bons conseils à de mauvais écrivains. Les universités proposent trop de programmes d'écriture créative et n'embauchent pas assez de bons écrivains pour y enseigner. Contrairement à ce qu'on croit, quand on prend l'enseignement au sérieux, c'est un boulot harassant. Et votre propre travail risque fort d'en pâtir.

L'argent est un cercle vicieux, un piège dont vous ne sortirez sans doute pas indemne. Les scénarios exceptés, je n'ai pas gagné ma vie en tant qu'écrivain avant la soixantaine. Quand j'ai cessé d'écrire des scénarios pour ne pas mourir, la vente de mes livres en France m'a sauvé la mise.

Après avoir passé ma vie à marcher dans les forêts, les plaines, les ravins, les montagnes, j'ai constaté que le corps ne se sent jamais plus en danger que lorsqu'il est perdu. Je ne parle pas de ces situations où l'on court un vrai risque et où la vie est en péril, mais de celles où l'on a perdu tout repère, en sachant seulement qu'à quinze kilomètres au nord se trouve un rondin salvateur. Quand on est déjà fatigué, on n'a pas envie de faire quinze kilomètres à pied, surtout s'il fait nuit. On percute un arbre pour constater qu'il ne bronche pas. D'habitude, j'emporte une boussole, et puis j'ai le soleil, la lune ou les étoiles à ma disposition. Cette expérience m'est arrivée si souvent que je ne panique plus. Je me sens absolument vulnérable et je reconnais qu'il s'agit là du meilleur état d'esprit pour un écrivain, qu'il soit en forêt ou à son bureau. Images et idées envahissent l'esprit. On devient humble par le plus grand des hasards.

Se sentir frais comme un gardon, débordant de confiance et d'arrogance n'aboutit à rien de bon, à moins d'écrire les mémoires de Narcisse. Tout va beaucoup mieux quand on est perdu dans son travail et qu'on écrit au petit bonheur la chance. On ignore où l'on est, le seul point de vue possible, c'est d'aller au-delà de soi. On a souvent dit que les biographies présentaient de singulières ressemblances. Ce sont nos rêves et nos visions qui nous séparent. On n'a pas envie d'écrire à moins d'y consacrer toute sa vie. On devrait se forcer à éviter toutes les affiliations susceptibles de nous distraire. Pourtant, au bout de cinquante-cinq années de mariage, on découvre parfois que ç'a été la meilleure idée de toute une vie. Car l'équilibre d'un mariage réussi permet d'accomplir son travail.

Table

Note de l'auteur 9

Chapitre premier......................... 13
Chapitre 2................................ 67
Chapitre 3................................ 87
Chapitre 4................................ 91
Chapitre 5................................ 101
Chapitre 6................................ 113
Chapitre 7................................ 119
Chapitre 8................................ 129

Passacaille pour rester perdu, un épilogue 143

CET OUVRAGE
A ÉTÉ ACHEVÉ D'IMPRIMER
SUR ROTO-PAGE
PAR L'IMPRIMERIE FLOCH
À MAYENNE EN AOÛT 2016

N° d'édition : L.01ELHN000330.N001. N° d'impression : 89908
Dépôt légal : septembre 2016
Imprimé en France

Cet ouvrage a été mis en page par IGS-CP
à L'Isle-d'Espagnac (16)